WIEN	103.8
ST. PÖLTEN	98.8
LINZ	104.0
SALZBURG	104.6
INNSBRUCK	101.4
BREGENZ	102.1
GRAZ	101.7
KLAGENFURT	102.9
EISENSTADT	97.4
MÜNCHEN	104.6

FM4 – DAS BUCH #1

DIE SCHNAPSIDEE:

DIE FM4-REDAKTION SPÄT ABENDS: ROBERT ROTIFER HAT GERADE SEINE SENDUNG FM4 HEARTBEAT BEENDET. MARTIN PIEPER HILFT IHM DIE PLATTEN ZU VERSTAUEN.

MARTIN PIEPER: Robert, wie wär´s, wenn wir ein FM4-Buch machen?

ROBERT ROTIFER: Ein Buch? Über einen Radiosender? Das kann doch nicht funktionieren. Da dreht man besser das Radio auf.

MP: Warum nicht, immerhin geht's ja um FM4. Und da gibt´s viel zu schreiben.

RR: Langwierige Grundsatzerklärungen und ein Haufen Geschichte? Wen soll das denn interessieren? Und was sollen dann die Publizistik-Studenten machen, die sowas ja gerne in ihren Seminararbeiten behandeln.

MP: Stimmt. Aber ...

RR: Wie wär´s mit einer Art »Jahrbuch«. In dem alle Themen und Ideen, die gegenwärtig im FM4-Universum herumspuken, vorkommen? Autoren würden mir dafür viele einfallen ...

MP: Tex Rubinowitz macht ein paar Zeichnungen für uns ...

RR: Die FM4-Homepage müssen wir auch berücksichtigen. Und natürlich die dazugehörige Community.

MP: Alles ohne Anspruch auf Vollständigkeit. Denn das soll ja nicht das letzte Buch gewesen sein.

RR: Dann sollten wir auch gleich eine Nummerierung einführen. Also so was wie »Volume 1«, oder noch besser: Wir hängen ein »#1« an den Titel.

MP: Sehr gut, denn dann ist ja »#2«, »#3« und »#4« ja nur noch eine Frage der Zeit ...

RR: Also ein Titel wie »Now...that´s what I call FM4 #1«?

MP: Ich glaube, wir können auch einfach sagen. »FM4 – Das Buch #1«.

DAS BUCH:
DAS IST NICHT DIE BIBEL ...

... und schon gar nicht die FM4-Bibel. Geschichtsschreibung und Verklärung überlassen wir den Historikern. Sprechen wir lieber von einem Jahrbuch über die Themen, Personen und Ideen, die Radio FM4 und seine Hörer widerspiegeln. Hier geht es um einen Ist-Zustand, mit all den verrückten und klugen, kontroversiellen und beseelten Ideen, die Radio FM4 auszeichnen.

Zum Glück sendet FM4 nicht nur über die Wellen im Äther, sondern auch über die FM4-Homepage, die FM4-Feste, die CDs, T-Shirts und jetzt auch über dieses Buch ... Es geht eben um ein Lebensgefühl, den »Spirit«, eine bestimmte Art von Herzschlag.

»FM4 – Das Buch #1« ist wie ein Schul-Jahrbuch: Man kann viele alte Freunde, aber auch neue Gesichter treffen, sein eigenes Leben wiederfinden oder ganz neu einsteigen in das FM4-Universum.

»Mein System kennt keine Grenzen«, haben Blumfeld einst gesungen, und deshalb soll das nicht das letzte Buch von und über FM4 sein. Wenn »FM4 - Das Buch #1« gut läuft, wird noch was kommen. Im besten Falle jährlich.

Stay tuned!
Die Herausgeber

: you're at home baby
radio
FM4

TRACKLIST:

UKW

ORF-Funkhaus . 1040 Wien
Argentinierstrasse 30a
tel. (01) 501 01 /8596
fax (01) 501 01 /8061
e-mail fm4@orf.at

radio FM4
:you're at home baby

ORF-Funkhaus . 1040 Wien
Argentinierstrasse 30a
tel. (01) 501 01 /8596
fax (01) 501 01 /8061
e-mail fm4@orf.at

radio FM4
:you're at home baby

r 1998

UKW L 103.8 PL 98.8 L 104.0 S 104.6 I 101.4 B 102.1 G 101.7 K 102.9 E 97.4

UKW L 103.8 PL 98.8 L 104.0 S 104.6 I 101.4 B 102.1 G 101.7 K 102.9 E 97.4

ORF-Funkhaus . 1040 Wien
Argentinierstrasse 30a
tel. (01) 501 01 /8596
fax (01) 501 01 /8061
e-mail fm4@orf.at

radio FM4
:you're at home baby

ORF-Funkhaus . 1040 Wien
Argentinierstrasse 30a
tel. (01) 501 01 /8596
fax (01) 501 01 /8061
e-mail fm4@orf.at

radio FM4
:you're at home baby

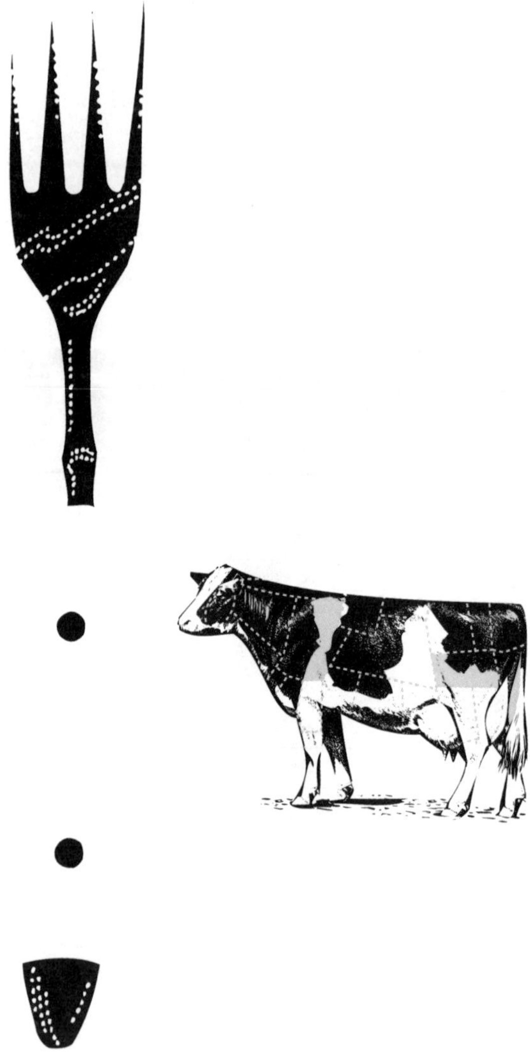

PRIME CUTS:

Music, Camera, Action!

Die FM4-Fleischhauerei empfiehlt die feinsten Gustostücke der Schlachtsaison: Hip Hop aus Österreich, einen Fatboy aus Brighton und einen kleinen Cornershop, gelegen in einer jener Seitengassen des Pop- und Filmgeschehens, bevölkert von Sonderlingen wie Björk und Tricky. Dort gehen die Leute sowohl gedanklich als auch körperlich das gewisse bisschen weiter.

CAFE GOLDEGG
ARGENTINIERST.49
1040 WIEN
TEL.01/5059162

21-FEB-2002

Rechnung

- - - - - - - - - - - -

Wiener Schnitzel m.Salat		
1 x 100.00		100.00
0/5 Zipfer Urtyp		
1 x 38.00		38.00
Wiener Melange/Verlänger		
3 x 35.00		105.00
Topfentorte		
3 x 38.00		114.00
Fritattensuppe		
1 x 33.00		33.00
Schokolade		
1 x 35.00		35.00
Sachertorte		
1 x 32.00		32.00
Schartnerbombe		
1 x 34.00		34.00
Menü 4		
1 x 75.00		75.00

- - - - - - - - - - - -

BAR 566.00

EURO 41.13 (13.7603)

Mwstpfl. 10% 353.64
Mwst. 10% 35.36
Mwstpfl. 20% 147.50
Mwst. 20% 29.50
KELLNER: 1

Wir danken für Ihren
Besuch

» ... nur verstandn wern «

(Texta »Sprachbarrieren«)

>>SKILLS & SCHNITZEL, HÜFTE & HOPFEN: TOTAL CHAOS UND TEXTA ÜBER HIP HOP IN ÖSTERREICH

Von Stefan »Trishes« Trischler und Andreas Schindler

>>WO STEHT HIP HOP IN ÖSTERREICH 2002? – DIESE FRAGE BEANTWORTEN ZWEI DER GROSSMEISTER DES HEIMISCHEN RHYTHMISCHEN REIMENS: TOTAL CHAOS UND TEXTA ÜBER SPRACHBARRIEREN, HINTERWÄLDLER UND DEN MEDIALEN BOOM, DER DIE SZENE IN LETZTER ZEIT ERFASST HAT.

Nicht um auf Klischees herumzureiten, sondern um dem Sauwetter zu entgehen, haben wir uns mit drei lang gedienten österreichischen Hip-Hop-Aktivisten in einem Wiener Kaffeehaus verschanzt. Total-Chaos-Rapper Manuva kommt gerade aus dem nahe gelegenen Goalgetter-Studio, wo er gemeinsam mit seinem Partner DJ DBH das zweite Album der Band fertigstellt. Und Flip und Huckey von Texta haben ein Fernsehinterview für die »Ö3 Top 40« hinter sich, wo sie ihr letztes Video (»Wer?«) vorgestellt haben. Diese beiden Bands sind gemeinsam mit Schönheitsfehler seit Anfang der 90er Jahre für den Großteil des heimischen Hip-Hop-Outputs verantwortlich. Total Chaos, ursprünglich aus Innsbruck, sind über den Umweg München letztes Jahr in Wien gelandet. Texta haben in ihrer Heimatstadt Linz mit dem Label und dem gleichnamigen Studio »Tonträger« eine Basis für dortige Nachwuchsbands aufgebaut.

TRISHES: Beginnen wir doch einmal beim vieldiskutierten Sprachproblem. Als österreichische Band bekommt man ja oft so eine »Ja, aber«-Kritik, die sich am Dialekt stößt. Hat es mehr Vor- oder Nachteile, wenn man den Österreicher durchhört?

FLIP: Generell muss ich schon sagen, dass die Leute mit uns diesbezüglich ein Problem gehabt haben. Ich hab oft gehört, wir seien nicht »tight«. Letzten Endes ist der Dialekt aber ein fadenscheiniges Argument gegen uns und wird von vielen Redakteuren als sprichwörtliches »Haar in der Suppe« benutzt.

MANUVA: In München habe ich den Leuten dort auch immer österreichisches Zeug vorgespielt – hauptsächlich Wiener MCs. Weißt du, was die gemeint haben? »Das sind ja deutsche Türken!«

FLIP: Also Texta werden von den Deutschen als Österreicher erkannt, alleine schon deshalb, weil der Dialekt einen anderen Flow mit sich bringt. In Deutschland ist eben alles viel gerader. Unsere Sachen dagegen haben irgendwie etwas Verschrobenes. Das erklärt schon viel, denn im Norden gibt es so etwas wie einen gemeinsamen Nenner, an den sich 70% der Bands halten und dem wir nicht entsprechen. Wenn es also Probleme mit dem Dialekt gibt, dann deshalb, weil daraus kein Standard-Flow resultiert. In Deutschland weiß ich, wann der Reim kommt, und ich kann ihn auf drei Varianten einschränken. Das ist für mich auch das Spannende an manchen österreichischen Raps: Die halten sich nicht an diese Formeln.

Huckey, Flip, Manuva >>

ANDREAS: Womit hat es eurer Meinung nach zu tun, dass Hip Hop in Österreich nicht so »explodiert« ist wie in Deutschland?

FLIP: Ich finde den Vergleich mit Deutschland immer ein bisserl problematisch, da dort eine Medien- und Labelkonzentration vorherrscht, die mit Österreich überhaupt nicht vergleichbar ist. Mir fällt eher der Vergleich mit der Schweiz ein, wo es auch nur drei oder vier Leute gibt, die halbwegs von Hip Hop leben können. Gleichzeitig bringen die Schweizer viel raus und haben eine riesige Szene. Zu einem Konzert kommen 700 Leute. Wann spiele ich in Österreich vor 700 Leuten, außer vielleicht in Wien? In der Schweiz werden zwar weniger Alben verkauft, aber der Output ist größer. Warum der in Österreich vergleichsweise so klein ist, weiß ich nicht. Vielleicht weil die Topnamen hier seit 9 Jahren ...

DIE LEUTE SAGEN JETZT: »DAS SIND UNSERE JUNGS.«

MANUVA: ... immer die gleichen sind, ja. Aber diese Explosion, von der du gesprochen hast, dieser Boom, wird jetzt ja Österreich vorausgesagt, und zwar von allen großen Medien. Das wird interessant, denn ein Boom passiert immer nur dann, wenn er medial aufgegriffen wird. Auf einmal bekommen Leute wie wir, die schon zehn Jahre dabei sind, ganz andere Möglichkeiten uns zu präsentieren.

FLIP: Ja, die erste Begeisterung für den deutschen Hip Hop ist abgeklungen. Die Gruppen, die vor drei Jahren so gefeiert wurden, haben jetzt ihre zweiten Platten rausgebracht und konnten damit teilweise qualitativ nicht an die ersten anschließen. Vor zwei Jahren hat Dendemann (»Eins, Zwo«) im Spex den Eminem interviewt! Das hat er jetzt nicht mehr gehabt.

MANUVA: Der Standard ist gesetzt, jetzt ist das Zeug Alltag, normal. Die Revolution ist vorbei.

FLIP: Und nachdem die jetzt sozusagen uninteressant geworden sind, sind die anderen, die nicht gehypt wurden, jetzt interessanter.

MANUVA: Vielleicht aber sind wir jetzt nur die Nachzügler diese Revolution für die österreichischen Medien. Das kann auch gut sein.

HUCKEY: Ich hab zwei Versionen der Geschichte anzubieten. Entweder es ist der »Hinterwäldlereffekt« der hiesigen Medien: »Ah! Was da bei den Deutschen vor drei Jahren explodiert ist, das haben wir ja auch!« Und dann hauen sie sich eben drauf. Vielleicht ist es aber auch so, dass das Interesse von Deutschland aus geschürt wird: »OK, bei uns ist es vorbei, schauen wir mal zum Nachbarn«. Naja, und den Schweizer Dialekt verstehen sie nicht. Bleibt also nur Österreich.

MANUVA: Da ist aber auch noch eine andere Sache: Ich hab jetzt lange in Deutschland gewohnt, bin vor einem Jahr zurückgekommen und muss sagen, es gibt einen extremen Fortschritt in der österreichischen Musikszene. Auf einmal sind die Leute wieder »stolz« auf heimische Bands. Sofa Surfers, Louie Austen, Waxolutionists, da gibt es genügend Beispiele. Und die Leute sagen jetzt: »Das sind unsere Jungs!« So etwas ist wichtig, weil man im Normalfall zuerst einmal zu Hause eine Basis braucht um eventuell auch woanders Erfolge zu haben.

FLIP: Seit den Achtzigern gab es in Österreich einfach ein Loch. Sicher, die Bands waren schlechter geworden, aber auch die Medien hatten sich zurückgezogen. Jetzt zeigt sich, es bringt was, wenn man Leute pusht. Bauchklang zum Beispiel. Bitte, vor einem Jahr hat keine Sau Bauchklang gekannt und vor sechs Monaten haben sie im Linzer Posthof vor 1000 Leuten gespielt. Viele mussten sogar heimgeschickt werden, so ein Andrang war da! Wenn Bauchklang von z.B. FM4 nicht gepusht wird, verkaufen sie vielleicht in Eigenregie 500 CD-Kopien an ihren Freundeskreis und spielen vor 50 Typen in irgendeinem Jugendzentrum. Ist so.

MANUVA: Aber beim österreichischen Hip Hop gibts noch keinen Star, da ist das ein bisschen anders. Kurier, Profil, Falter ... die schreiben immer von »der österreichischen Hip Hop Szene«. Keine Band bekommt alleine 4 Seiten. Noch sind wir es alle zusammen.

HUCKEY: Stimmt, in Deutschland waren dann plötzlich Stars da. Samy Deluxe z.B. ist jetzt einfach ein Popstar.

FLIP: Ob diese Mainstream-Entwicklung bei uns auch einsetzen wird, ist schwer vorherzusagen. Und auch, welchen Einfluss das auf die nachwachsende Generation haben würde. Ich meine, ich beanspruche für mich, dass ich für den Hip Hop hier viel getan hab, nicht nur für meine Band. Aber ich könnte nur eine Hand voll Leute aufzählen, von denen ich glaube, dass sie in ein paar Jahren diese (lacht) »Vaterfunktion« weiterführen könnten.

TRISHES: Es gibt viele Leute, die heute produzieren und veröffentlichen. Die Frage ist, wie langlebig und interessant das ist. Wenn ich mir jetzt zum Beispiel das neue »Hip Hop Connection«-Tape (laut Eigendefinition »eine sorgfältige Auslese feinster österreichischer Underground-Acts« – Anm. d. Verfasser) anhöre, dann schmettert mich das zu großen Teilen nieder.

BATTLERAP IST FÜR DEUTSCHSPRACHIGEN HIP HOP, WAS DIE BÖHSEN ONKELZ FÜR DEUTSCHSPRACHIGE ROCKMUSIK WAREN.

MANUVA: Aber das ist in Deutschland genau das gleiche. Da tut sich zwar wahnsinnig viel, aber die spannenden Veröffentlichungen im letzten Jahr kann ich an einer Hand abzählen.

FLIP: Mittlerweile wird ja auch in jedem Winkel Österreichs gerappt. Da krieg ich dann ein E-Mail: »Wir sind eine Crew von acht Leuten aus Neuhofen an der Krems und sind down mit Hip Hop.«

MANUVA: Stell dir vor: ACHT Leute! In ganz Tirol gabs vor nicht allzu langer Zeit keine acht MCs!

FLIP: Ja, der Unterschied ist drastisch, aber es wird sich relativ schnell herausstellen, wer da überbleibt.

MANUVA: Wenn ich mir die Tapes anhöre, dann muss ich leider sagen, dass ich mit dem Zeug nichts anfangen kann. Ich hab mir das Hip Hop-Universum, in dem wir uns bewegen, anders vorgestellt.

FLIP: Es soll eh eine Vielfalt geben, aber wenn ich mir jetzt die ganz Jungen anschaue, dann muss ich oft sagen: Das ist eine einzige Schiene, auf der alle fahren. Andererseits: Dieses »Battlerap«-Ding wird sich in zwei Jahren sicher tot gelaufen haben.

HUCKEY: Ein positives Beispiel gibts ja auch: das Tape von Kamp (eine Wiener Rapgruppe, Anm. d. Verfasser). Ein Glanzlicht.

FLIP: Genau. Insofern sollte man nicht die Flinte ins Korn werfen. Der Kamp MC hat auch als Trottel angefangen (Gelächter). Total eingebildet. Hat damals gedacht, er ist der Größte und uns auf FM4 gedisst ...

MANUVA: Es macht aber einen Unterschied, wie man das macht. Das Problem ist, dass die Jungen alle den Berliner Battlerap kopieren und nichts Eigenes entwickeln. Man muss nicht sagen, dass man der Beste ist, sondern was Gutes machen und die Leute checken schon, dass du der Beste bist.

FLIP: Gedisst werden, damit hab ich auch kein Problem. Aber auf so einem Niveau? Das ist kein Battlerap, das ist Beleidigungsrap. Jeder ist einfach der »Realste« und total Hardcore. Mit Kool Savas ist das Niveau schon drastisch gesunken.

MANUVA: Komisch, dass das die Leute hier so beeinflusst. Eigentlich kann man in jedem Bericht über österreichischen Hip Hop dasselbe lesen ...

FLIP: Intelligentere Texte ...

MANUVA: Ja, weil sich die Menschen eben eine Spur mehr Mühe geben, etwas zu sagen. Und das sind dann auch die Leute, die länger dabei sind.

FLIP: Ich mach mir da auch nicht so große Sorgen. Ich glaube, dass sich Qualität durchsetzt. In den nächsten Jahren werden Themen und Inhalte wichtiger werden, weil rap-technisch ist man ziemlich am Zenit angekommen. Songwriting, Ideen, ganze Alben – das wird im Vordergrund stehen.

MANUVA: Bis jetzt waren alle Entwicklungen im deutschsprachigen Hip Hop gleich wie im amerikanischen. In Bezug auf die Industrie stellte sich die Frage: Wer hört Hip Hop? Wie greifen das die Medien auf? Wie springen Firmen drauf an? Was kommt in die Charts und was nicht? Die Entwicklungen sind gleich und deshalb war es total logisch, dass irgendwann auch bei uns dieses roughe Ding groß wird. So wie die Westcoast im amerikanischen Rap auf einmal plötzlich »das Ding« war.

HUCKEY: Battlerap ist für deutschsprachigen Hip Hop das gleiche, was die Böhsen Onkelz für deutschsprachige Rockmusik waren: Kurze Faszination und dann »Auf Wiederschaun!«

FLIP: Sowas wie »Schwanzlutscher«, das wäre mir einfach zu peinlich, ich würde mir deppert vorkommen. Als nächstes kommt dann »Tschusch« und »Schlitzaug«. Aber eigentlich will ich das Thema Zukunft anders abschließen: Von den hundert MCs, die es derzeit in Österreich gibt, werden in drei Jahren vermutlich noch zehn dabei sein, und die werden dann Qualität abliefern. Das ist jedenfalls zu hoffen. Wie lange wir noch weitermachen, weiß ich nicht. Ich frag mich schon oft: »Bist du noch spannend?« Wie lange schaffe ich noch den Spagat zwischen den 15-Jährigen und den 35-Jährigen? Solang ich Lust hab Lyrics zu schreiben, solang werde ich dabei sein. Und dann mach ich was anderes. Wir werden eine Ballband oder ich werde Alleinunterhalter mit Ziehharmonika.

MANUVA: Genau! Und ich geh ins Ötztal, leg in den Ski-Discos für deutsche Touristen auf und mach gleichzeitig den MC. Allround-Entertainer eben.

>> CORNERSHOP: THE OVERGROWN SUPER SHIT

Von Robert Rotifer

>> WAS WURDE IN DEN NEUNZIGERN NICHT ALLES KLUGES GESAGT ÜBER DIE KULTUR DER SOGENANNTEN ZWEITEN GENERATION. DEM PAPIER NACH SOLLTE TJINDER SINGH JA EIN MUSTERBEISPIEL DAFÜR SEIN, »ENGLANDS NEUE STIMME« UND ALL DAS. ABER JEDES INDIVIDUUM IST EBEN MEHR ALS EIN KULTURBOTSCHAFTER – IN DIESEM FALL EIN POLITISCH GEPOLTER POPSTAR WIDER WILLEN, DER SICH SELBST LIEBER NACH SEINEN EIGENEN ALS NACH »ETHNISCHEN« VORSTELLUNGEN DEFINIERT.

In meinem Arbeitszimmer steht ein verstaubter Computer, den ich seit gut zwei Jahren nicht mehr angerührt habe. Eigens für diese Geschichte hab ich mich – über einen Haufen unsortierter Platten und Zeitungen – zu diesem prähistorischen Rechner (Baujahr '97) vorgewagt, den On&Off-Knopf gedrückt, und siehe da, ein Brummen, ein Summen, und das treue, alte Ding ward wieder zum Leben erweckt. Die Files, nach denen ich suchte, stammen aus einem anderen Jahrtausend, und als ich sie endlich gefunden hatte, spülten sie so einiges an verschütteten Erinnerungen an die Oberfläche. Was ich da vor mir hatte, waren die Fragmente dessen, was einmal mein Cornershop-Buch hätte werden sollen. Tjinder Singh und ich hatten damals, in jener fernen, düsteren Vergangenheit, die in Wahrheit gerade drei bis vier Jahre zurückliegt, sogar schon einen Verleger für dieses Machwerk gefunden, aber es ist gut, dass aus dem Buch nie was wurde ...

Ich traf Tjinder, Cornershops Sänger und Songwriter, vor fast zehn Jahren zum ersten Mal. Damals interviewte ich ihn anlässlich des Erscheinens der ersten Cornershop-EP »In the Days of Ford Cortina«, einer Sammlung mehr als rauher Aufnahmen, die irgendwo unter dem Feedback-Lärm und den chaotischen Rhythmus-Tracks eine verborgene melodiöse Größe erkennen ließen. Vor allem aber schaffte es diese Band politisch Relevantes über Rassismus, die britische Klassengesellschaft und denkbare Alternativen dazu zu sagen, ohne dabei den Humor zu verlieren. Man bedenke: Damals, Anfang der Neunziger, war es schon schwer genug eine britische Band zu finden, die überhaupt irgendwas zu sagen hatte, geschweige denn über ein so lange tabuisiertes Thema wie den praktisch vollkommenen Ausschluss der »Asians« vom öffentlichen (Pop-)Leben des Landes. (»Asians« ist der irreführende, aber gängige, britische Sammelbegriff für Migranten vom indischen Subkontinent und deren Kinder und Kindeskinder.) Folglich stürzte ich mich auf Cornershop wie auf einen lang ersehnten Bissen Brot und das muss Tjinder wohl irgendwie geschmeichelt haben. Jedenfalls sahen wir uns seither ziemlich regelmäßig, in Leicester, in London, in Linz, wo immer sich die Gelegenheit zum Stabreimen ergab. Der Kontakt wurde enger, als ich schließlich nach London zog, und riss auch nicht ab, nachdem Cornershop dank des Norman Cook-Remix von »Brimful of Asha« im Februar 1998 plötzlich aus einer scheinbar hoffnungslosen Ausgangsposition in die surrealen Höhen des Popstar-Daseins befördert worden waren.

WÜTENDE FAXE WURDEN HIN- UND HERGESCHICKT, UND NICHT ALLES, WAS TJINDER SAGTE, KLANG RATIONAL.

Eine bezeichnende Episode aus jener Zeit: In derselben Woche, da »Brimful of Asha« zum ersten Mal die britischen Charts anführte, fuhr Tjinder mit dem Zug von einem Kurzaufenthalt beim Edinburgh Festival zurück nach London. Auf dem Bahnhof wurde er plötzlich von einem Unbekannten angesprochen und Tjinder, der sich bereits ans Erkanntwerden zu gewöhnen begann, begegnete dem Fremden mit einem freundlichen Lächeln. Doch der Mann hatte ihn nicht als Popsänger, sondern einfach als Asian identifiziert und somit selbstverständlich angenommen, dass Tjinder zum Bahnhofspersonal gehörte. Er fragte ihn nach Abfahrtszeiten und Bahnsteigen.

Zu jener Zeit konnte Tjinder darüber noch lachen. Aber irgendwann in den Wochen darauf begann sich seine Sicht der Dinge merklich zu verdüstern. Unsere Telefongespräche wurden träger, die Neuigkeiten von diversen Tourneen besorgniserregender. Bis zu jenem Februartag in Bristol, wo ausgerechnet Tjinder, dessen Bühnenexzesse sich üblicherweise darauf beschränkten die Grooves der Band regungslos an sich vorbeiziehen zu lassen und zwischen den Gesangsparts verlegen an seiner Wasserflasche zu saugen, in einem Anfall des Jähzorns die gesamte Einrichtung seines Hotelzimmers zerschlug. Ironischerweise entsprach gerade dieser hilflose Protest gegen sein monotones Leben als Popstar auf Tour genau dem Klischee jenes trostlosen Daseins, dem Tjinder da entfliehen wollte.

Nach dem Ende jener Tournee verbarrikadierte sich Tjinder in seinem Zimmer in einer Seitengasse der schäbigen Holloway Road. Er war misstrauisch gegenüber den mutmaßlichen Crack-Dealern in der Nachbarschaft und den Dingen, die in der Autowerkstatt gegenüber so vor sich gingen. Irgendwann steckte gar ein Animal-Rights-Aktivist einen kleinen Sprengsatz durch den Briefschlitz des Tiergeschäfts nebenan. Tjinder wollte weg aus Holloway, aber trotz der Hitsingle ließ das dafür nötige Geld auf sich warten. Zu jenem Zeitpunkt lag er mit seinem Plattenlabel, mit den anderen Bandmitgliedern und dem eigenen Management im Clinch. Wütende Faxe wurden hin- und hergeschickt und nicht alles, was Tjinder sagte, klang rational. Eines Abends rief er aus seiner Wohnung an und bat mich, ihn abholen zu kommen. In der Küche hatte er den Einkaufszettel eines seiner Mitbewohner entdeckt, mit dem er in letzter Zeit ebenfalls nicht so gut ausgekommen war. Auf dem Zettel stand das Wort »Jagdpatronen« geschrieben und Tjinder, der nach endlosen Verhandlungen mit diversen Anwälten nervlich schon völlig fertig war, sah sich vor seinem geistigen Auge bereits als Opfer eines heimtückischen Mordversuchs. Er hatte gerade sein Zimmer ausgemalt und war über und über mit weißer Farbe bedeckt, aber statt Zeit mit Duschen zu verlieren, stiegen wir einfach ins nächste Taxi und fuhren davon.

Natürlich fand sich am Ende irgendeine rationale Erklärung für den Zettel, aber Tjinder brauchte offensichtlich ein Ventil für seine Frustrationen, und ein Buch darüber zu schreiben, erschien uns als eine gute Idee. Wir verbrachten Stunden mit Interviews, die ich nachher transkribierte, aber je weiter ich dabei vorankam, desto weniger verstand ich, was Tjinder da auf Band gesprochen hatte. Das waren keine Erzählungen oder Anekdoten mehr, sondern immer kryptischer klingende Ausfälle gegen verschiedenste Leute und symbolhafte Wortketten, die nur noch Tjinder selbst dekodieren konnte. Wortketten, wie sie manchmal auch in seinen Songtexten vorkommen. Ich musste ihm damals schwören meine Mitschriften für nichts anderes zu verwenden als unser Buch, das dann – zum Glück aller Beteiligten – nie zustande kam.

VIELE DIESER JUNGEN LEUTE HABEN ÜBERHAUPT NICHTS ZU SAGEN, ALSO KÖNNEN SIE GENAUSO GUT DAS SINGEN, WAS IHNEN DER MANAGER VORLEGT.

Heute sieht es nicht so aus, als ob Tjinder je wieder so tief in Depressionen verfallen könnte wie damals. Die alten Verträge sind fast alle gelöst; die »Idioten, die mit an Bord waren,« sind Cornershop »losgeworden, weil wir sie loswerden mussten.« Nur die Bindung an die alte Plattenfirma Wiiija Records, die der Band einst die Stange hielt, als sich die ersten beiden Alben nicht gerade rasend gut verkauften, besteht weiter. In Tjinders schwärzester Phase hatte Wiiija-Chef Gary Walker seine Telefonnummer geändert, um den mitternächtlichen Anrufen des zornigen Cornershop-Manns zu entgehen. Inzwischen hat Walker sich vom Musikbusiness zurückgezogen und die beiden sind wieder beste Freunde. Tjinder weiß jetzt, dass er neben all den Troubles und der harten Arbeit in Wahrheit auch unheimlich viel Glück hatte in seiner heutigen Position zu landen. Dank »Brimful of Asha« hat er nun sein eigenes kleines Häuschen in Nord-London, eine Wohnung in Paris und gemeinsam mit seiner französischen Freundin auch noch einen besonders gut gelungenen, kleinen Sohn. Das Leben, das er führt, ist das eines typischen Erfolgsmenschen der »kreativen« Mittelklasse und Tjinder macht sich jetzt schon ernsthaft Sorgen darüber, dass sein Kind ein verwöhnter Patron werden könnte, der nichts von den Entbehrungen der Arbeiterklasse weiß. Das Interessante dran ist, dass Tjinder eigentlich selbst nicht aus einem Working-Class-Haushalt kommt. Sein Vater war Lehrer. Aber natürlich war er auch ein Asian und damit nicht als ordentliches Mitglied ins weiße Bildungsbürgertum Wolverhamptons zugelassen. Tjinder selbst genoss das Privileg, von seinen Eltern an die Uni geschickt zu werden, wo er sich gleich als Aktivist in der Studentengewerkschaft stark machte. Nach einer kurzen Laufbahn als Studentenvertreter wurde er wegen ein paar unerwünschter Äußerungen durch eine flotte Intrige vonseiten der netten Kollegen flugs seines Postens enthoben. Seither hat Tjinder seine Aversion gegenüber den »gebildeten Klassen« nicht abgelegt und da die britischen Universitäten auch immer schon die Kaderschmiede der jeweils nächsten britischen Bandszene waren, zieht Tjinder einen direkten Schluss von seinen damaligen Erfahrungen auf den heutigen Stand der Popmusik: »Die Leute in England kämpfen nicht um ihre Anliegen und deswegen sind wir da, wo wir jetzt sind. In England gibt es praktisch keine Studentenbewegung mehr. Ich hab damals schon gesagt: Mit Studenten, die sich nicht engagieren, ist nichts auszurichten. Ich wurde deshalb ziemlich scharf kritisiert. Viele dieser jungen Leute haben überhaupt nichts zu sagen, also können sie auch gleich genauso gut das singen, was ihnen der Manager vorlegt.«

Irgendwo in dieser verzwickten persönlichen Geschichte liegt also der Ursprung von Tjinders kompliziertem Verhältnis zu seiner eigenen Identität. Er hegt Loyalitäten gegenüber der Working Class, zu einem gewissen Grad auch gegenüber den Asians, insbesondere den Sikhs, allgemein aber vor allem gegenüber Migranten jeder Art. Er bezeichnet sich selbst manchmal als »black«, dann wieder als »brown«, doch andere sollten das lieber bleiben lassen. Vermutlich würde es ihn schon ein wenig nervös machen, dass ich dieses Thema hier überhaupt zur Sprache bringe – und das nicht zu unrecht. Tjinder ist es längst leid, sich ständig über seine sogenannte Ethnizität definieren zu müssen, bloß weil er sich den Luxus leistet in beiden seiner Muttersprachen (Englisch und Punjabi) zu singen. Und fairerweise muss man sagen, dass er sich von der Sackgasse der Selbst-Stereotypisierung bereits fernhielt, als andere noch froh waren sich mit der Welle des sogenannten »Asian Underground« eine kommerziell verwertbare Nische zu schaffen. Das ist also der mehr als vertrackt Ausgangspunkt dieses kleinen Gesprächs, das im Februar 2002 in Tjinders Dachbodenstudio stattfand:

ROBERT ROTIFER: Die Asian Dub Foundation bezeichnete dich im Text ihres Songs »New Way New Life« als »Englands neue Stimme.« Wie fühlt sich das an?

TJINDER SINGH: Gar nicht.

RR: Du setzt dich nicht mit deiner Vorbildrolle auseinander?

TS: Nein, das kann ich nicht.

RR: Aber du wirst doch auf der Straße des öfteren von Leuten angesprochen, die sich mit dir identifizieren, oder?

TS: Ja, und ich sag ihnen dann meistens, dass sie weggehen sollen. Es wäre einfach dumm, über sowas nachzudenken.

RR: Aber manchmal kann man es sich nicht aussuchen, ob die Leute einen als Vorbild nehmen ...

TS: Ich hab keine Vorbilder und wollte auch nie eines sein. Spreche ich für »die Asians«? Natürlich nicht. Ich spreche für mich selbst und das ist es auch schon.
Ich glaube nicht, dass es eine Community von Asians geben muss um anderen Asians zu zeigen, dass sie es schaffen können. Das wäre doch erbärmlich.

RR: Aber wie kannst du in der Musikindustrie auf Rassismus reagieren, ohne eine Art von Solidarität mit jenen zu entwickeln, die sich in der gleichen Situation befinden?

TS: Die kommerzielle Niedertracht in der Musikindustrie ist immer noch größer als der Rassismus. Diese Geschäftemacherei ist an der Entstehung von einem ganzen Haufen bescheuerter Platten schuld, die an sich schon mindestens genauso verwerflich sind wie der Rassismus. Diese Leute wollen Geld machen und Szenen kreieren, damit sie weiter diktieren können. Und leider stellt sich ihnen niemand entgegen.

RR: Damals, als »Brimful of Asha« herauskam, sah alles noch viel rosiger aus. Der Erfolg des Songs schien eine gewisse Öffnung des Mainstream gegenüber der Minderheit der Asians zu symbo-

<< Tjinder Singh

lisieren. Alle sprachen groß darüber, wie das »Neue Britannien« seine »verschiedenen Kulturen« zelebriere. Das ließe sich nach den Unruhen von Oldham im Sommer 2001 (als Asians sich zuerst mit weißen Jugendlichen, dann mit der Polizei prügelten, Anm.) kaum mehr behaupten.

TS: Damals wurde der Markt der Asians zum ersten Mal entdeckt und bewusst ausgebeutet. Die Asians waren in der Werbung, in Filmen, in Komödien und in Musikvideos zu sehen. Ich weiß das, ich war einer davon. Vielleicht wurde »Brimful of Asha« teilweise mit dieser verstärkten Präsenz von Asians in Zusammenhang gebracht, aber generell schienen die Leute diese Anklänge zu überhören. Um ehrlich zu sein, glaube ich, die meisten haben den Text gar nicht mitbekommen.

RR: Aber ich bestehe doch darauf, dass all das in einem gewissen Kontext geschah. So ziemlich zur gleichen Zeit tauchte Meera Syal (ebenfalls aus Wolverhampton stammende Schriftstellerin und Komikerin, Anm.) mit der Asian Comedy-Show »Goodness Gracious Me« im Fernsehen auf und dann kam – mit der üblichen Verspätung – ein Film wie »East is East« in die Kinos. Es ist kein Zufall, dass die Asian Dub Foundation dich als Symbol dieser neuen, sich als multikulturell definierenden, reformierten britischen Identität herauspickte.

TS: Ja, aber ich hab das nie so gesehen.

RR: Glaubst du, dass Großbritannien seit deiner Jugend in irgendeiner Weise toleranter geworden ist?

TS: Ich glaube überhaupt nicht, dass es toleranter geworden ist – schon gar nicht so, wie man sich das vor fünf Jahren vorgestellt hat. In den Londoner Communities ist so einiges im Gange. Die Auswirkungen der absurd schnell angestiegenen Wohnkosten werden bereits sichtbar. Viele Leute, die ihr ganzes Leben hier gewohnt haben, werden verdrängt. Hier in Hackney (Nordost-Londoner Bezirk, Anm.) ist es besonders schlimm. Die Beziehungen innerhalb der Community sind eigentlich in Ordnung. Da gibt es zwei nebeneinander liegende Viertel, die sogenannte East Bank und die West Bank, wo chassidische Juden und pakistanische Moslems Seite an Seite miteinander leben. Und weil es in der Vergangenheit zu Gewaltausbrüchen kam, geben die besonders gut acht darauf, dass alle gut miteinander auskommen. Es gibt regelmäßig Community-Treffen, in denen alle Spannungen, die aufkommen, friedlich gelöst werden. Aber das Leben wird schwerer für die Leute und daher werden auch die Straßen rauher, das spürt man. Vielleicht bin ich paranoid, was ich nicht glaube. Da draußen sind ganz sicher etliche Schusswaffen im Umlauf.

Die wichtigste Schlussfolgerung aus diesen letzten Sätzen blieb unausgesprochen: »Toleranz« allein und alle Multikulti-Idyllen der Welt können nicht die handfesten, ökonomischen Widersprüche einer aus der Kolonialtradition gewachsenen Gesellschaft wegwischen. Jener Boom, der Mitte der Neunziger die Klassen- und Rassengrenzen im »Neuen Britannien« wegzuspülen versprach, war eben nur ein Wirtschaftsboom und keine soziale Revolution. Aber Tjinder analysiert aus Prinzip nicht gerne viel herum. Er schreibt lieber Songs wie »Wogs Will Walk«, »Staging the Plaguin' of the Raised Platform«, »People Power« oder »Funky Days Are Back Again«. In ihnen verbinden sich assoziative Wortketten zu einem nicht konkretisierbaren Gefühl eines zwar durchaus politisch gefärbten, aber dankbar diffusen, gemeinschaftlichen Andersseins. So, wie das früher einmal The Clash meisterlich beherrschten, obwohl Tjinder die eigentlich nicht leiden kann (er stößt sich vor allem an ihren unbeholfenen frühen Reggae Experimenten). Zu einem gewissen Grad besteht Tjinder Singhs Integrität gerade in dieser Unschärfe, die ihn davon befreit seine eigene Rolle allzu genau festzulegen bzw. festlegen zu lassen. Statt sie nachzuzeichnen, verwischt er die Gestalt jener fiktiven Community, die sich da in seinen Songs zelebriert. So wie damals zum Beispiel, als im Video zu »Good Shit« bei der Zeile »Es ist ein mächtiger Gott, dem wir dienen« erst recht keine Sikh-Gottheit, sondern ein ganz gewöhnliches Christenkreuz ins Bild kam.
Aber, wie Tjinder immer behauptet, »man sollte da nicht zuviel hineinlesen.« Oder vielleicht gerade doch?

東京フィスト
SHINYA TSUKAMOTO
TOKYO FIST

>> LET'S GET PHYSICAL: DAS NEUE KÖRPERKINO ZWISCHEN KUNST UND KOMMERZ

Von Christan Fuchs

>> DAS MAINSTREAM-KINO ZIELT AB AUF WOHLIGEN BAUCHKITZEL, HEISST ES. UND DER KUNSTFILM PEILT DEN KOPF AN. EINE BESTIMMTE GRUPPE VON REGISSEUREN WILL ABER LÄNGST DEN GANZEN KÖRPER DES BETRACHTERS ROCKEN. ZWISCHEN KOMMERZ UND UNDERGROUND ANGESIEDELT FORDERT DAS BODY CINEMA JEDOCH NICHT NUR PHYSISCHE ERFAHRUNGEN EIN – ES ERZÄHLT AUCH VOM ERSCHÜTTERTEN, ERREGTEN, BEDROHTEN KÖRPER UNTER DEN BEDINGUNGEN EINER ZUNEHMEND ARTIFIZIELLEN REALITÄT ...

Aufblende. Riesig und verzerrt ragt der Kopf einer älteren Frau ins Bild. Tiefe Bassfrequenzen dröhnen von der Tonspur. Das Licht flackert stroboskopartig. Sara Goldfarb (Ellen Burstyn) glotzt schweißüberströmt auf den Kühlschrank in ihrer kleinen, verdunkelten Wohnung. Ihre Augen sind weit aufgerissen, ihr Mund zuckt. Seit Wochen schluckt sie bereits Diätpillen statt fester Nahrung, ebenso lange starrt sie schon auf den monströsen Eiskasten voller verbotener Köstlichkeiten. Plötzlich laufen Bild und Ton Amok, gleichzeitig beginnt der Kühlschrank wie ein metallenes Ungetüm auf die Frau los zu rasen. Gewichtsreduktion und Tablettenabhängigkeit als cineastischer Höllentrip.
So, wie sich Kino-Wunderkind Darren Aronofsky in »Requiem For A Dream« (2000) der menschlichen Suchtproblematik nähert, hat man es zuvor auf der Leinwand noch nicht gesehen. Andere Regisseure hätten die Geschichte von vier Menschen, die mit Hilfe

diverser Substanzen (wie Diätpillen) aus ihrer New Yorker Alltagstristesse flüchten, entweder in konventionelles Erzählkino verpackt oder aber halbdokumentarisch angelegt. Aronofsky wollte hingegen gängigen Realismus transformieren. Sein formaler Weg liegt irgendwo zwischen Kunst und Kommerz, grellen Musikvideo-Anleihen und purer Provokation – ganz nahe an der physischen Erfahrung.
Der knapp dreißigjährige Regie-Shootingstar steht mit diesem Ansatz nicht alleine da. Eine ganze Reihe zeitgenössischer Filmemacher will weder den Kopf des selbsternannten Cineasten ansprechen noch den Bauch des Mainstreamsehers massieren, möchte nicht mehr bloß amüsieren oder belehren, einlullen oder Denkprozesse anregen, wie es alte Kategorisierungen vorschreiben, sondern stattdessen den ganzen Körper des Betrachters rocken. Ihn beanspruchen und sogar angreifen: Welcome to Body Cinema.

FILME, DIE ERREGUNG EVOZIEREN, TRÄNEN, ANGST UND ÜBELKEIT

Womit aber, um gleich Missverständnissen entgegenzuwirken, weder die kindlich-ungefährliche Schaulust an rasenden Cinemascope-Stunts oder donnernden Surround-Weltraum-Schlachten gemeint ist noch die Reaktionen, die ein überdimensional projizierter IMAX-Streifen auslöst, oder gar die viel beschworenen Verlockungen virtueller Technologien. Auch nicht der kinetische Kitzel, den viele virtuos choreographierte Martial-Arts-Epen bewirken. Es soll hier von tiefer gehenden physischen Erschütterungen die Rede sein, als sie die eskapistische Jahrmarkttradition des Kinos hervorzurufen vermag; von Filmen, die Erregung evozieren, Tränen und Angst und/oder Übelkeit. Filme, die – pathetisch formuliert – Narben auf der Netzhaut hinterlassen.

Wer jetzt an Zelluloid-Radikale wie beispielsweise Kurt Kren, Stan Brakhage oder Valie Export denkt, an filmische Materialschlachten im Geiste der aktionistischen Gegenkultur der Sechziger und Siebzigerjahre, liegt natürlich prinzipiell richtig. Aber dann doch wieder nicht. Stehen diese Enttabuisierungen von Intimzonen und Körperflüssigkeiten durch ihre konsequent avantgardistische

Machart doch außerhalb jeglicher Traditionen des herkömmlichen narrativen Kinos. Die aktuellen Body-Cinema-Macher platzieren aber bewusst spektakuläre Momente des Körperlichen innerhalb dieser Konventionen. Sie benützen das Gerüst von Genres oder das Skelett klassischer Erzählungen, um damit physische Sensationen und Schocks zu transportieren.

Beispiele gefällig? David Finchers »Seven« (1995) und »Fight Club« (1999), zwei Streifen, die die Limitierungen handelsüblicher Thriller-Ware sprengen und tief in Bereiche abseitiger Popkultur eindringen. Ersterer ersetzt abgedroschene Grusel-Klischees durch Referenzen an Industrial-Bands und Kultur der Modern Primitives und verschärft dadurch die Körperlichkeit massiv. Die Geschichte von den selbstzerstörerischen Prügel-Clubs pendelt wiederum so perfide im Grenzbereich von High-Tech-Inszenierung und Avantgarde-Techniken, dass es rund um »Fight Club« Kontroversen hagelte. Hitzige Diskussionen seiner Filme ist auch der Agent provocateur des europäischen Kinos Lars von Trier gewohnt. »Dancer in the Dark« (2000) demonstriert wie auch der verwandte »Breaking the Waves« (1996), Körper-Kino »in full effect«: Das Erbe des Musicals trifft auf aktuelle Videoclip-Tendenzen; melodramatische Stereotypen werden verpackt in

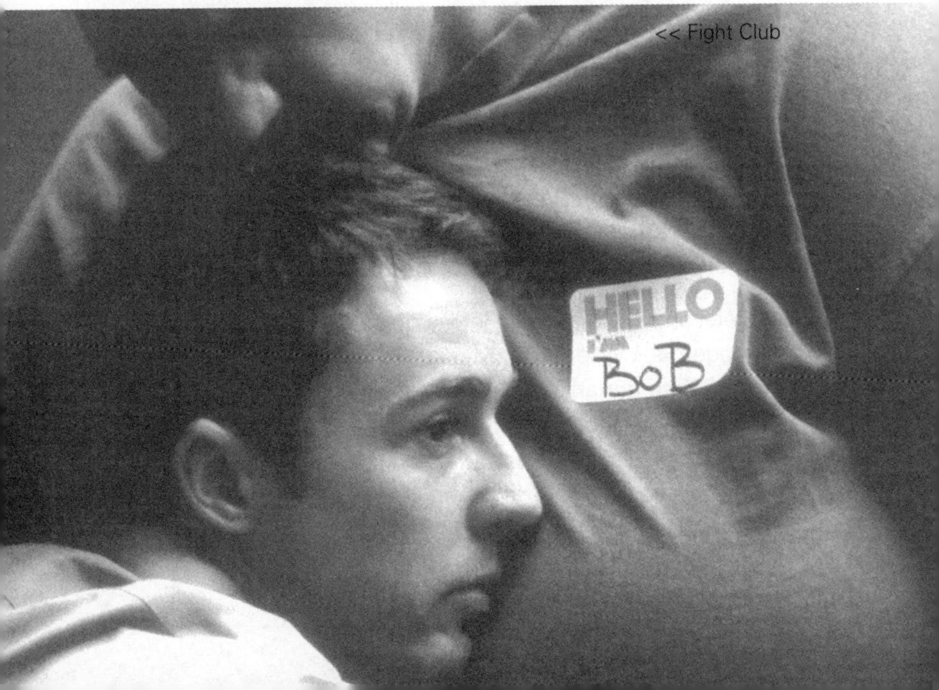

<< Fight Club

die Ästhetik einer billigen Reality-TV-Sendung. Macht die verwackelte Kameraführung im semidokumentarischen Dogma-Stil zunächst nur seekrank, reißt das feminine Leidensepos schließlich den Betrachter vollständig ins Geschehen mit hinein. Am Ende, wenn die traurige Protagonistin Selma (alias Björk) dem Tod durch den Strang entgegengeht, fehlt jegliche Distanz auf Publikumsseite, sind Tränenfluten fast programmiert. Aber genau das will Lars von Trier, ebenso wie die anderen Vertreter des Body Cinema. Es geht den Gestaltern dieser Filme darum, auf heftige, suggestive Weise den Zuschauer-Körper aus seiner saturierten Gegenwarts-Lethargie zu reißen.

DAS ZIEL DES REGISSEURS: UNS BETÄUBT UND MALTRÄTIERT AUS DEM SAAL ZU ENTLASSEN.

Was für von Trier dabei die zittrige Handkamera, ist für Darren Aronofsky, was er »Hip-Hop-Montage« nennt: Ein visuelles, genau zum Soundtrack getimetes Feuerwerk physisch eindringlicher Sequenzen. Eine Collage aus Bildteilungen, Zeitraffer, Brüchen mit der Narration. Ist der Betrachter von diesem Bildersturm einmal »eingesaugt«, sitzt er in der Falle und wird von »Requiem for a Dream« mit geballtem menschlichem Elend konfrontiert. Das Ziel des Regisseurs: uns betäubt und malträtiert aus dem Saal zu entlassen und uns gerade dadurch mit dem eigenen Suchtpotenzial zu konfrontieren.

»Für mich sind Horror-Filme Filme der Konfrontation, überhaupt nicht solche der Flucht, [...] in einem Horror-Film wird man auf eine bestimmte sichere, traumhafte Weise mit Dingen konfrontiert, mit denen man im wirklichen Leben nichts zu tun haben möchte. Aber schließlich wirst du diesen Dingen gegenüberstehen: Ich spreche vom Alter, von Tod und Einsamkeit.« (David Cronenberg)

«Die Leute haben mir erzählt, dass sie bis ins Mark getroffen waren. Sie konnten einen Tag lang nicht sprechen und waren einfach schockiert – genau was man hören will, wenn man so einen Film macht.« Wenn sich Herr Aronofsky in seiner diebischen Freunde über die geschüttelten und gerüttelten Zuschauer wie ein typischer Splatter-Regisseur anhört, der seinem Auditorium eine kollektive Gänsehaut verpassen will, ist diese Fährte nicht ganz falsch. Der Horror-Film, der es sich mit Darstellungen von bedrohten, verletzten, zerstückelten Körpern zur wichtigsten (und bisweilen einzigen) Aufgabe gemacht hat Angstschweiß und oft auch Ekel und Übelkeit hervorzurufen, gehört zu den Wurzeln des Body Cinema. Ebenso der pornografische Film, dessen Ziel ausschließlich die Erregung des (fast immer männlichen) Publikums via verbotener Schweinereien ist. Die amerikanische Autorin Carol J. Clover hat diese beiden Exploitation-Gattungen erstmals als »Body Genres« bezeichnet. Eine andere Filmtheoretikerin, Linda Williams, ergänzt die Auswahl um das Melodram. Schließlich bringen auch hochgradige Rührstücke den Körper der (in diesem Fall wieder überwiegend weiblichen) Konsumentinnen ein wenig außer Kontrolle.

Aufregung, Erregung, Auflösung: Diese spektakulären physischen Wirkungen erleben die ZuseherInnen eines Horror-Schockers, Pornos und Melodrams gemeinsam mit den Charakteren. Es ist das Merkmal der Body Genres, den Zuschauer-Körper im abgedunkelten Kinosaal (oder weniger intensiv vor dem Fernsehschirm) zum Stellvertreter des angegriffenen, orgasmierenden, zusammenbrechenden ProtagonistInnen-Körpers zu machen. Die Schreie der Horror-Opfer, das lustvolle Akteurs-Stöhnen beim Unterleibsfilm, die Tränen der leidenden Melodramen-Heldin bedingen nicht selten Schreie, Stöhnen und Schluchzen im Zuschauerraum.

Nun ist aber »Requiem for a Dream« ganz sicher kein Betrag zum Horror-Genre, es sei denn man sieht diesen Begriff im philosophischen Sinn. »Dancer in the Dark« entfernt sich von herkömmlichen Merchant-Ivory-Schnulzetten so weit wie die Dogma-Rohheit von Spielberg-Blockbustern. »Fight Club« passt in gar keine Schablone mehr, ebenso wie die meisten Werke des Körper-Kino-Pioniers David Lynch. Die bisher genannten Regisseure aber auch Typen wie z.B. David Cronenberg, Abel Ferrara, Shinya Tsukamoto, Jörg Buttgereit, Andrzej Zulawski, Léos Carax, Takashi

Miike und wohl auch Tom Tykwer, Wong Kar-wai und der frühe John Woo, sie alle operieren zwar mit der ekstatischen Sprache exzessiver Body-Genre-Streifen. Allerdings stecken unter der Oberfläche noch andere Ambitionen als das selbstzweckhafte Hervorrufen von Angst, Erregung und emotionaler Auflösung. Werke wie die erwähnten oder auch »Tokyo Fist« des japanischen Techno-Punks Tsukamoto und Cronenbergs umstrittene J.G Ballard-Adaption »Crash« (beide 1996) zeigen verstaubten Kategorisierungen in »High«- und »Low«-Art den gestreckten Mittelfinger. Sie bemühen sich, so wie Lynch seit seinem Debüt »Eraserhead« (1976), die grundsätzliche Unkörperlichkeit des Mediums Film zu überwinden, indem die Kamera mit uns förmlich in Körperteile hineinfährt oder die Tonspur in den Ohren rauscht. Und: Diese Filme haben auch etwas zu berichten. Nicht selten erzählen sie von der zunehmenden Schwierigkeit, überhaupt noch Erschütterung oder Erregung zu erfahren, unter den Bedingungen einer zunehmend artifiziellen Realität.

»Wollte man den gegenwärtigen Stand der Dinge benennen, so würde ich sagen, wir befinden uns nach der Orgie. Die Orgie ist der explosive Augenblick der Moderne, der Augenblick der Befreiung in allen Bereichen. Politische Befreiung, sexuelle Befreiung, Entfesselung der Produktivkräfte, Entfesselung der destruktiven Kräfte, Befreiung der Frau, des Kindes, der unbewussten Triebkräfte, Befreiung der Kunst. Hochjubeln aller Repräsentations- und Antirepräsentationsmodelle. Es war eine totale Orgie des Realen, des Rationalen, des Sexuellen, des Kritischen und Antikritischen, des Wachstums und der Wachstumskrise. Wir sind alle Wege der Produktion und virtuellen Überproduktion der Objekte, der Zeichen, Botschaften, Ideologien und Vergnügungen gegangen. Heute ist alles befreit, das Spiel ist gespielt, und wir stehen gemeinsam vor der entscheidenden Frage: WAS TUN NACH DER ORGIE?« (Jean Baudrillard)

Konnten 1969 die ausrangierten Revolverhelden in Sam Peckinpahs »The Wild Bunch« noch in einem archaischen Gemetzel »abtreten«, gelang dem Liebespaar in »Ai No Corrida« («Im Reich der Sinne«) 1976 noch die gemeinsame sexuelle Selbstverschwendung, so taumeln die Figuren aktuellerer Werke wie »Crash«, »Fight Club« oder »Tokyo Fist« nur mehr durch eine hyperreale Simulationswüste, die sogar die gewaltsame Revolte des Körpers bisweilen als entleerte Geste wirken lässt.

» *I hurt myself today –*
to see if I still feel «

(Nine Inch Nails)

»To see if I still feel«, das ist nicht nur für die Figuren des Körper-Kinos ein zentraler Punkt, sondern auch für die Macher dieser Filme. »Zitat, Intertextualität und Selbstreferentialität sind inzwischen zu Stilmitteln geworden, auf denen gerade eine neue Generation von Filmemachern ihr Kino der Affekte aufbaut, das häufig an seinem bewussten Gestus des Künstlichen krankt«, schreibt der deutsche Autor Marcus Stiglegger. Aronofsky & Co. würden diesen Befund unterschreiben, obwohl auch ihre Werke oft in einem durch und durch artifiziellen Universum angesiedelt sind. Allerdings sperrt sich die Besessenheit und Raserei sowohl der Kamera als auch der Protagonisten in den besten dieser Filme gegen jede postmoderne Beliebigkeit. Zitate tauchen nicht ironisierend, sondern höchstens zerstückelt, fragmentiert auf.
Die Suche nach Spuren einer Authentizität und die damit verbundene Wiederentdeckung des Fleisches verbindet die Körper-Kino-Regisseure nicht nur mit Techno-Tribalisten, alten und neuen Rock'n'Rollern und der Szene der ganzkörpertätowierten Piercing-Freaks. Der Körper ist überall am Beginn des neuen Jahrtausends, ebenso aber auch die Rede von seiner Abwesenheit. Der amerikanische Medienkünstler Doug Aitken etwa erforscht in seinen Installationen »die Automation und den Begriff des Verlusts des Körperlichen, an dessen Stelle das Mechanische, und wie es kam, dass wir uns immer weniger auf unsere Körper verließen«. (Anti-)Pop-Literaten wie Bret Easton Ellis und Chuck

Palahniuk oder die Franzosen Frédéric Beigbeder und vor allem Michel Houellebecq berichten von den letzten Zuckungen des Körperlichen inmitten allgegenwärtiger Desensibilisierung und Apathie. Das triste Personal von Houellebecqs Erzählungen könnte auch aus »Requiem for a Dream«, »Crash« oder den spermagetränkten Tragikomödien von Todd Solondz stammen. Es sind intelligente und einsame Angehörige der Mittelklasse, deren Tage einförmig und austauschbar dahinziehen, Beziehungsgeschädigte, deren Sexualität sich auf Masturbationsfantasien beschränkt, Kontaktunfähige, die Anfang dreißig ihr Leben schon hinter sich zu haben glauben.

Nach der Orgie, nachdem alle Spiele gespielt sind, können laut Jean Baudrillard, dem alten Propheten des Sich-im-Kreis-Drehens, nur mehr die bereits realisierten Szenarios wieder und wieder durchlebt werden. So als ob gar nichts passiert wäre: als hyperrealistische Simulation. »Wir leben in einer grenzenlosen Vervielfältigung von Idealen, Phantasmen, Bildern und Träumen, die von nun an hinter uns liegen und die wir dennoch in einer gewissen schicksalhaften Gleichgültigkeit weiterproduzieren müssen.« Ein Zustand, der den Regisseuren des Body Cinema als inakzeptabel erscheint und sie nach Strategien suchen lässt um ihn

Fight Club >>

wenigstens kurzfristig aufzuheben. Das ist im kulturellen Sperrfeuer aus Stereotypen und selbstreferenziellen Zitaten eine durchaus schwierige bis unmögliche Aufgabe. Die führenden Vertreter des Körper-Kinos lassen sich dennoch auf dieses Wagnis ein.

»Zwar haben 60 Prozent der Menschen auf dieser Erde noch nie ein Telefon benutzt. Trotzdem leben etwa 30 Prozent von uns in einem digitalisierten Universum, das künstlich konstruiert, manipuliert und nicht mehr naturhaft oder traditionell ist. [...] Man kann es ironisch fassen: In allen Bereichen haben wir zunehmend das Ding ohne sein Wesen. Wir haben Bier ohne Alkohol, Kaffee ohne Koffein, virtuellen Sex ohne Sex. Nun haben wir auch virtuelle Wirklichkeit: Realität ohne Realität, gänzlich reguliert und dinghaft. Aber die Sache hat eine Kehrseite: In unserem Universum toter Konventionen muss die einzig wirklich authentische Erfahrung ein äußerst gewaltsames, erschütterndes Erlebnis sein. Dann haben wir das Empfinden wieder im wirklichen Leben angekommen zu sein. [...] Damit die Erfahrung authentisch wird, muss sie extrem gewaltsam sein.« (Slavoj Žižek)

Auch aktuelle Versuche zur Nackheit und Intimität im Kino, jenseits schematisierter Pornografie, haben etwas Zerstörerisches, Gewalttätiges, zumindest Desolates. Siehe so unterschiedlich geglückte oder gescheiterte Streifen wie »Romance« (1999, Catherine Breillat), »Baise-Moi« (2000, Virginie Despentes und Coralie Trinh Thi), »L'humanité« (1997, Bruno Dumont) oder Patrice Chéreaus »Intimacy« (2000). Die physische Destruktion, schlussfolgert das Körper-Kino, ist eine der letzten Möglichkeiten im Kampf um den Rest der Leidenschaften in der post-orgiastischen Simulakren-Welt. Ein Ringen, das auf mehrfache Weise stattfindet: Die Protagonisten erhaschen Authentizität, indem sie ihren Körper selbst ins Spiel bringen oder, ganz wortwörtlich, aufs Spiel setzen, verletzen, opfern und zerstören. Wobei es nicht immer der eigene Körper sein muss – der Serienkiller, eine der mythischen Figuren des modernen Body Cinema, kostet über die

Körper seiner Opfer durch das Betasten, Verstümmeln noch einmal den letzten, armseligen Rest authentischer Erfahrungen aus.
Dass dieser Taumel der filmischen Affekte eine bestimmte negative Sogkraft entwickeln kann, ist für Künstler wie Fincher, von Trier, Ferrara oder Tsukamoto ein vernachlässigbares Restrisiko, weil sie von einem mündigen Betrachter ausgehen. Einem, der weiß, dass der Angriff des Körper-Kinos »gut gemeint« ist: Am Ende der Erschütterungen und Zerstörungen stehen – hoffentlich – neue Intensitäten und Vitalitäten. Indem die Regisseure das Publikum mit schweren Zeichen attackieren, mit dem deftigen Repertoire der Body Genres, versuchen sie mit den letzten extremen Mitteln des Mediums dem Medium noch Emotionalität abzuringen. Spektakel-Kunst gegen die Guy Debordsche »Gesellschaft des Spektakels« sozusagen. Unterhaltungs-Kino, das den Betrachter erwartungsgemäß aus der Gewöhnlichkeit hinauskatapultiert, aber nicht in einen narkotisierenden Mainstream-Wattebausch hinein, sondern in eine verminte Gefahrenzone. »Entertainment through pain«, heißt ein alter Slogan aus der Industrial-Music-Szene.
Bereits 1965 notierte Susan Sonntag: »Man kann sagen, dass der westliche Mensch spätestens seit der industriellen Revolution unter einer massiven Betäubung der Sinne steht (eine Begleiterscheinung dessen, was Max Weber die ›bürokratische Rationalisierung‹ nennt)«, und forderte von der modernen Kunst »eine Schocktherapie, [...] durch die unsere Sinne verwirrt und zugleich geöffnet werden.« Das Body Cinema verfolgt diese Absicht, aber nicht etwa wie ein Monsieur Godard zur Zeit der französischen Nouvelle Vague auf reflexive, intellektuelle Weise. Sondern so, wie eine Krankheit den Körper provoziert und herausfordert Antikörper zu bilden um einen Heilungsprozess zu bewirken.

<< Requiem For A Dream

>> FATBOY SLIM: ÜBER DAS HERUMSTEHEN AUF FELDERN UND SEIN PERSÖNLICHES WOODSTOCK

Von Robert Rotifer

>> DIE SUPERSTARS DER ETABLIERTEN DANCE-KULTUR SIND IMMER NOCH AUF REISEN. DIE PARTY, DIE NIE AUFHÖRT: WUNSCH- ODER ALBTRAUM? EIN INTERVIEW MIT NORMAN COOK ALIAS FATBOY SLIM ÜBER STADION-DANCE, DEN ZORN DER JUNGEN KONKURRENZ UND SEIN PERSÖNLICHES WOODSTOCK.

Zugegeben, nichts hinkt so erbärmlich, wie pophistorische Vergleiche der Entwicklungsphasen der Dance- versus der Rockkultur. Aber bei genauerer Betrachtung offenbaren gerade humpelnde Analogien nicht selten eine tiefere Schönheit. Hier ein klassisches Beispiel: Anfang 2002 gab Norman Cook alias Fatboy Slim, einer der großen DJ-Superstars der Neunziger, sein Album »Live On Brighton Beach« heraus. Im Juli des Vorjahrs hatten sich 40.000 Jugendliche auf dem Kiesstrand des südenglischen Seebads versammelt, nicht um einander, so wie einst die Mods und Rocker, gegenseitig die Köpfe einzuschlagen, sondern um Lokalmatador Fatboy Slim beim Plattenauflegen zuzuhören und dabei das eine oder andere Bein zu schwingen – soweit sie Platz dafür finden konnten. Nicht zuletzt wegen der idyllischen Vibes unter den versammelten Massen ging dieses von einem britischen TV-Sender finanzierte Gratis-Festival als »Normstock« in die Geschichte britischer Dance-Kultur ein. So, wie einst auf den Live-Alben der großen Stadion-Rockbands, ist auf dem Mitschnitt dieses legendären Abends das vereinte Johlen der Massen zu hören. Sie bejubeln nicht die Musik, sondern den DJ, dessen

Relevanz in der Dance-Kultur. Offene Felder gehörten zu den typischen Schauplätzen illegaler Raves. Natürlich war es ganz wesentlich, dass dein Gig in Brighton gratis war – so wie einst jene Parties. Das Gefühl war wie damals, abgesehen davon, dass man nicht zwischendurch von der Polizei vertrieben wurde ...

FBS: Ja, und die damaligen Raves haben ein bisschen später angefangen. Brighton war die perfekte Party. Diese TV-Produktionsfirma rief einfach bei mir an und fragte: Willst du einen Gratis-Gig spielen und dafür eine Gage kassieren? Alle meine Freunde am Strand, niemand muss bezahlen, und ich krieg sogar was dafür – besser gehts nicht. Es war der größte Gig, den ich je gespielt habe, die wärmste Reaktion von Seiten des Publikums, ein echtes Heimspiel. Es gab keine Festnahmen, keine Verletzten.

RR: Die Freizügigkeit bei legalen Dance-Festivals in Großbritannien beschränkt sich normalerweise ja auf den Umgang mit dem Ersparten der Besucher. Da wird die sprichwörtliche Zitrone bis zum letzten Tröpfchen ausgequetscht.

FBS: Wo immer es Geld gibt, sind ihm auch viele hinterher. Das ist vermutlich das einzige Unglück daran, dass Dance Music so groß geworden ist. Das zieht Leute an, die sich nicht unbedingt für die Musik interessieren, sondern nur abzocken wollen. Ich persönlich habe ja was gegen all dieses Sponsoring. Ich habe das ein einziges Mal akzeptiert, nämlich bei diesem Gig in Brighton für Channel Four. Wenn ein Gig dieser Größenordnung umsonst sein soll, geht's nicht anders, sonst verlierst du bloß dein Hemd. Aber abgesehen davon lehne ich es ab auf gesponserten Tourneen oder in gesponserten Clubs zu spielen. Es lässt sich genug Geld machen, ohne dass man deshalb gleich gierig werden und sich von einer Marke vereinnahmen lassen muss.

RR: Ich kann mich an die Posters eines dieser Dance-Festivals vom letzten Sommer erinnern. Das Motiv war eine Skizze von zwei Beinpaaren, die im Gras liegen. Die Beine blieben anonym, aber der Grafiker hatte nicht vergessen, ihre Schuhe mit dem Nike-Logo zu schmücken.

FBS: Product Placement ist überall. Mein größtes Ärgernis sind die jährlichen Preisverleihungen des Dance-Magazins »Muzik«. Die heißen jetzt die Ericsson Awards und jedes Mal, wenn sie erwähnt werden, wird auch Ericsson erwähnt. Wie gesagt, diese Leute mischen sich da ein, weil viel Geld im Umlauf ist. Aber man kann auch große Sachen machen und seine Integrität bewahren. Die Musik ist immer noch gut und die Leute haben Spaß.

RR: Obwohl du früher als Musiker bei den Housemartins, Beats International und Freakpower mit Instrumenten Musik gemacht hast, lehnst du es ja immer noch strikt ab, deinen Act als Fatboy Slim zu einer Live-Show auszubauen. Fühlt es sich nicht manchmal ein wenig absurd an, wenn du mit nichts anderem als zwei Plattenspielern auf einer riesigen Bühne stehst und vor derart vielen Leuten spielst?

LETZTEN SOMMER DACHTE ICH MIR SCHON HIN UND WIEDER: OH GOTT, JETZT SPIELE ICH SCHON WIEDER DASSELBE STADIONSET.

FBS: Eigentlich nicht, weil es funktioniert. Ich habe gewisse Hemmungen davor, im Freien aufzulegen. Vor zwei Jahren wurde mir vorgeschlagen in Glastonbury auf der Hauptbühne zu spielen und das lehnte ich ab. Ich sagte: »Die Hauptbühne ist für Bands, DJs spielen im Zelt.« Und die Veranstalter meinten: »Du bist zu groß für das Zelt. Letztes Jahr war's zum Bersten voll. Das zu wiederholen, wäre vom Standpunkt der Sicherheit her einfach unverantwortlich.« Aber ich bestand darauf, dass ein DJ nichts auf der Hauptbühne eines Rock-Festivals zu suchen hat. Besonders wenn das Wetter nicht gut ist, funktioniert sowas nicht. Am Ende fanden wir einen Kompromiss: Leftfield spielten auf der Hauptbühne, während ich im Zelt auflegte. So verteilten wir das Dance-Publikum übers Festivalgelände.

RR: Verändert sich bei solchen Anlässen dein Set? Musst Du auf Nummer sicher gehen?

FBS: Definitiv. In Brighton nicht so sehr, denn da wusste ich, dass ich unter Freunden war. Aber während des letzten Sommers dachte ich mir schon hin und wieder: Oh Gott, jetzt spiele ich schon wieder dasselbe Stadionset. So sage ich tatsächlich dazu... Ich habe mein Clubset und mein Stadionset, da kann ich nur bestimmte Platten spielen. Glücklicherweise ist mein Stil als DJ so angelegt, dass die meisten Platten ohnehin auch vor großem Publikum funktionieren. Wenn ich so einer wie Terry Farley (Anm.: britischer House DJ) wäre, täte ich mir da schwerer. Der hat nicht soviel Pyrotechnik in seinem Plattenkoffer.

RR: Dein Open Air in Brighton wurde als »Normstock« bezeichnet. Ohne dabei jetzt allzu prätentiös zu werden, lässt sich der Gedanke hinter diesem Wortspiel doch weiterspinnen. Woodstock war ein prägendes Phänomen einer bestimmten Zeit. Aber es war nicht nur der Höhepunkt, sondern auch das Ende von etwas.

FBS: Hmm ... Ich glaube, jetzt wird's tatsächlich ein bisschen prätentiös.

RR: Ja, aber die Platte wurde im Juli 2001 aufgenommen. Und nach dem 11. September gab es eine Zeit, in der man sich einfach nicht vorstellen konnte, dass so etwas Hedonistisches noch passieren könnte.

FBS: Als wir uns im November entschlossen die Platte herauszubringen, dachten mein Manager und ich an unser Label und nicht an den 11. September. Ich war mein Leben lang ein Hedonist und werde es bleiben. Und die meisten anderen, die ich kenne, zeigen auch keine Anzeichen damit aufzuhören. Ich habe seither in Südamerika und Japan ähnliche Shows gespielt und ich werde auch dieses Jahr wieder in Brighton spielen. Die Bezeichnung Normstock hatte mehr damit zu tun, dass sich das Ereignis wie ein Lauffeuer ausbreitete. Die ganze Stadt gehörte uns. Die alten Leute auf der Straße fragten sich, was da los war. Niemand hatte diesen Andrang erwartet. Die Straßen mussten abgesperrt werden, weil all diese Menschen unterwegs waren. Brighton gehörte an diesem Abend mir und viele Leute hassten mich dafür. Angeblich konnte man uns meilenweit hören. Wir hatten ein ziemlich gutes Soundsystem. Alles geriet außer Kontrolle, so wie es auch in Woodstock geschah – bloß auf eine angenehme Weise. Es wurden keine Kinder geboren und es gab kein braunes LSD.

RR: Du hast einmal erwähnt, dass du eines Tages fürs DJ-Dasein zu alt sein wirst. Wird dir die körperliche Anstrengung zuviel?

FBS: Oh ja. Irgendwann wirds schwierig werden, vor allem, weil alles immer später anfängt. In Ibiza war der als Hauptact gebuchte DJ letztes Jahr von sechs bis acht Uhr morgens dran. Ich habe längst aufgegeben nach so einer Nacht zu Mittag im »Space« aufzulegen. Das kann ich nicht mehr. Da bin ich zwar noch wach aber nicht mehr scharf genug. Der Tag wird kommen, wo ich nicht mehr bis um sechs in der Früh unterwegs sein kann oder will. Im Moment bin ich noch dazu bereit, aber das Anstrengendste ist, wenn man danach zwei Stunden schläft, dann drei Stunden zum nächsten Gig fliegt, kurz verschnauft, ein paar Interviews macht und gleich wieder zum Auflegen in einen Club weiterfährt. Früher spielte ich auf die Art fünf Nächte hintereinander durch. Heutzutage bin ich nach drei Shows lazarettreif.

<< Fatboy Slim

RR: Der alternde Star-DJ ist ja ein ziemlich neues Phänomen der Dance-Kultur. Da gibt es noch keine erprobten Vorlagen für würdevolles Verhalten. Soll man sich langsam zurückziehen und in Pension gehen?

FBS: Aber nein, du musst dir deines Alterns nur bewusst sein und es ein bisschen leichter nehmen. Mein New Yorker Kollege Danny Tenaglia ist wesentlich älter als ich und ihm gehts gut, aber er legt nur mehr einmal in der Woche auf. Erst heute morgen hab ich dieses Interview mit ihm gelesen, in dem er sagt, dass er regelmäßig in New York im »Vinyl« auflegt. Aber das heißt dann auch, dass er samstags nirgendwo sonst spielen kann. Da muss er schlafen, da ist er am Ende. Die meisten berühmten DJs wie Paul Oakenfold, Pete Tong oder Carl Cox sind so wie ich entweder schon vierzig oder auf dem Weg dorthin. Wir werden wahrscheinlich alle zur gleichen Zeit unser Tempo runterschrauben, schließlich kommen wir ja auch aus der gleichen Crew. Ich hab oft mit Pete, Paul und Carl gearbeitet. Carl lebte früher in Brighton und ich legte schon mit ihm zusammen auf, als ich achtzehn war. Wir waren die erste Welle, die alte Schule, und es wird die Zeit kommen, wo wir den Hut nehmen müssen.

RR: Besonders wenn es um soviel Geld geht ist ein gewisser Platzkampf unvermeidlich. Du gehörst zu jener Clique von DJ-Superstars, die sich die wirklich großen Gigs untereinander aufteilen. Irgendwann wird die nachkommende Generation das nicht mehr auf sich sitzen lassen wollen.

FBS: Oh ja, ich habe da schon einige Beschwerden gehört und mir ist bewusst, dass es heute sehr schwer ist den Fuß in die Tür zu kriegen, geschweige denn die erste Stufe der Leiter zu besteigen. In den Leserbriefen an das Dance-Magazin »Mixmag« wird oft gefragt, warum immer die gleichen Namen zum Zug kommen. Ich habe viel Mitgefühl mit diesen Leuten. Ich kann es verstehen, wenn sie mich, Paul Oakenfold, Carl Cox, Jon Digweed oder Sasha dafür hassen, dass wir den Kreislauf verstopfen. Aber ich kann nicht damit aufhören, nur um Platz für sie zu machen.

RR: Außerdem drängt sich da natürlich wieder der dumme Vergleich auf: Wenn du ein Woodstock der Dance Music machst, dann liegt es natürlich an ihnen, darauf mit dem Punk der Dance Music zu reagieren. Sie müssen ihre eigenen Clubs auf die Beine stellen.

FBS: Genau. Außerdem gibt es auch neue Leute wie Timo Maas, die sehr wohl durchkommen. Heutzutage muss man als DJ eine wirklich gute Platte produzieren um seinen Fuß in die Tür zu kriegen. Wenn alle deine Platte mögen, wirst du auch als DJ gebucht. Und wenn du dich da bewährst ... Ich meine, Timo ist aus dem Nichts heraus gekommen und innerhalb von zwei Jahren zu einem der respektiertesten DJs aufgestiegen. Es ist also machbar, aber man muss eine gute Platte machen. Es hat keinen Sinn Mixtapes an einen Riesenclub wie »Cream« zu schicken um dort ein Resident DJ zu werden.

FRÜHER SPIELTE ICH FÜNF NÄCHTE HINTEREINANDER DURCH. HEUTZUTAGE BIN ICH NACH DREI SHOWS LAZARETTREIF

RR: Das ist aber auch ein wenig paradox. Die alte Schule wurde doch bekannt für ihre Fähigkeiten als DJs und nicht für ihre Platten.

FBS: Sicher. Viele Leute wie Carl, Pete oder Paul machen eigentlich keine Platten oder sind zumindest nicht deshalb so bekannt. Die haben sich ihren Ruf als DJs aufgebaut, aber das passierte nicht über Nacht, sondern über einen Zeitraum von 20 Jahren.

RR: Ist sowas nicht mehr möglich?

FBS: Schon, aber es dauert eben zwanzig Jahre. Ich würde nicht noch einmal durchmachen wollen, was ich alles erleben musste um dort hin zu gelangen, wo ich heute bin.

RR: Wenn es eine Abkürzung gegeben hätte ...?

FBS: Dann hätte ich sie genommen. Als ich als DJ anfing, war ich die unwichtigste Person im ganzen Club. Die Kellnerinnen bekamen mehr Geld als die DJs. Wir waren nur die Typen, die im Eck standen und die Platten auflegten. Wenn wir eine bessere Anlage wollten, sagten sie immer nein. Manchmal bekamen wir nicht einmal Freigetränke. Und von da weg hat sich alles bis zum Status eines DJ-Superstars entwickelt. Für mich ist das großartig, weil wir jetzt ordentlich, ja manchmal sogar zu gut, behandelt werden. Aber als ich vor 25 Jahren anfing, warfen sie uns raus und riefen jemand anderen an, wenn wir mehr Geld wollten oder einfach nur einen Mixer, der funktioniert. Manchmal war der Mixer kaputt, du sagst es dem Veranstalter und eine Woche später ist er noch immer hin. Sowas kommt nicht mehr vor. Nein, zu den schlechten, alten Zeiten würde ich nicht mehr zurückkehren wollen. Um keinen Preis.

» *Here Come The Aliens. We're The Aliens. We're The Failing Ones* «

(Tricky »Bombing Bastards«)

>> NEBEN DER SPUR: TRICKY, NICK CAVE, BJÖRK UND ANDERE POP-ALIENS

Von Christian Fuchs

>> POP-»BEWEGUNGEN« WERDEN SCHNELL ALT, EINE LÄNGERE BEDEUTUNGS-HALBWERTSZEIT GENIESSEN DAGEGEN DIE DISSIDENTEN UND FREAKS, DIE AM ÄUSSERSTEN RAND EINER SZENERIE LAUERN.

Es sind diese nicht unanstrengenden Zufallsbegegnungen, mit verschollenen Bekannten oder Schulkollegen, die stets in einem bestimmten Thema münden. »Sag mal, du beschäftigst dich doch immer noch so richtig mit ›Musik‹«, beginnt der Satz mit leicht abgeklärtem Tonfall, »gibt es eigentlich irgendwas total Neues oder Aufregendes im Moment?« Natürlich ruft die simple Nennung einer Newcomer-Band dann nur Enttäuschung oder Desinteresse hervor. Nicht zu reden von einem Albumtitel aus einer Ecke, die dem Fragesteller gar vertraut ist. Dem geht es nämlich um nichts weniger als das nächste große Ding. Den brandheißen Scheiß. Die ultimative Sound-Revolution, die irgendwo köchelt. Besonders Menschen, die ihre Pop-Sozialisation in den Achtzigern erfuhren, glauben ungebrochen an das Schneller/Höher/Weiter. Träumen vom »nächsten Punkrock«, auch wenn sie selbst spätestens mit Techno ihre jugendkulturelle Partizipation einstellten. Sind besessen vom »Next Big Thing«, diesem alten Mythos der Zeitgeistjournaille. Irgendwann, seufzen sie, muss doch Schluss sein mit der Ausdifferenzierung in dreitausendundein kleine Dinger und all den Revival-Endloschleifen. Irgendwann kommt sie sicher wieder, die eine fette Konsens-Bewegung ugänge eben privat, bisweilen verschroben, manchmal völlig verschoben sind.

Vielleicht, könnte aber mein Einwand lauten, hat es überhaupt nie Sinn gemacht, entlang der Hauptverkehrsstraßen von Alternative-Land auf den Riesenumzug zu warten. Weil nämlich die vorbeimarschierende Hippie-Demo, Punk-Revolte oder Loveparade immer schon zwangsläufig in einer Sackgasse mündete. Möglicherweise befinden sich seit jeher die einzig wirklich spannenden Ansätze in den verschlungenen Seitengassen. Dort, wo die Eigenbrötler und Freaks wohnen, die Sonderlinge, die sich dem Gruppenzwang entziehen und nur ab und zu rauskommen, zum Luftschnappen und Ideen-Holen. Einige von ihnen werden dabei mitgespült vom Strom oder lassen sich auch eine kurze Zeit genießerisch davontreiben. Nur um dann den ausgesucht falschen Schritt zur richtigen Zeit machen und wieder unterzutauchen. Entweder in die völlige Obskurität, in die Semi-Berühmtheit oder ins Reich der (lebenden) Legende. In jedem Fall, egal ob man nach dem Schaffen dieser Leute gezielt fahnden muss oder sie eine etablierte Nische einnehmen, ist ihre Faszinations-Halbwertszeit länger als die irgendwelcher institutionalisierter Punk-Beamten oder Sprachrohre von »Generationen.« Weil ihre Zugänge eben privat, bisweilen verschroben, manchmal völlig verschoben sind.

»All true desire is self-obsessive and individualist, a group that reflects anything other than their own idiosyncratic vision is not worth a pinch.« (Nick Cave)

Seit seinen Anfängen lebt der australische Chef-Melancholiker Nick Cave in seiner eigenen, kleinen Seitengasse, die längst gut frequentiert von Touristen ist. Von dort spalten sich nicht nur Pfade ins Zentrum von Glampop-City ab, zur dort regierenden Königin Kylie Minogue, und breite Straßen in Richtung dunkler Country-Monomanen wie Johnny Cash, sondern auch winzige, unbeleuchtete Wege zu einstigen Cave-Kollaborateuren wie Lydia Lunch, Anita Lane oder Jim »Foetus« Thirlwell. Von jedem Eigenbrötler führen wiederum weitere Marschrouten zu anderen Außerhalbstehenden und Abweichlern. Leben zwei Ausnahme-Exzentriker in einer Wohngemeinschaft, wie es Ende der Achtziger in Bristol bei Mark Stewart und Tricky der Fall war, wird es besonders aufregend. Ersterer brüllte mitten in der überkühlen New-Wave-Ära mit seiner Politcombo The Pop Group hitzig-heftige Slogans gegen die Thatcher-Regierung. Adrian Thaws, das vorstädtische Tricky-Kid mit der Hip Hop-Fixierung, pendelte zwischen Musikambitionen und kleinkriminellen Verlockungen. Zwei eigentümliche Originale mit höchst eigenen Affinitäten zu Soul und Industrial, Punk und Funk, Blues und Sampledelica. Mr. Stewart gilt nicht nur als Pionier in Sachen radikaler Genre-Erweiterung, seine Reisen führten ihn zuletzt sogar nach Wien, wo er mit den Sofa Surfers für ihr aktuelles Album »Encounters« arbeitete. Das alleine wäre einen eigenen Exkurs wert. Von Tricky sind es dagegen nur ein paar Schritte zu Björk, der großen Vermittlerin zwischen Privat-Obsessiven und dem Geschehen auf der Hauptstrasse. Oder zu P. J. Harvey und ihrem passionierten Songwriter-Universum. Dass diese Frau auch einmal in der unmittelbaren Nachbarschaft von Nick Cave wohnte und komponierte, schließt weitere Bezüge kurz.

Je nach persönlicher popkultureller Erdung ließen sich so verschiedene, gigantische Landkarten zeichnen und Listen verfassen, ein sämtliche Genres und Grenzen und nebenbei auch noch die Postmoderne transzendierendes Koordinatensystem der egozentrischen Visionen und individuellen Leidenschaften. In einem Anflug von Wahnwitz könnte man eventuell dieses Netzwerk auf Film, Literatur, die halbe Kunst- und Kulturgeschichte ausweiten. Eine »nerdige«, besessene Unternehmung, gewiss, aber gewinnbringender als – um ein anderes Bild zu benutzen – am Bahnsteig zu stehen und auf den großen Hype-Express zu warten. Oder als ewiger Trainspotter ständig hinter abgefahrenen Zügen hinterherzuhetzen, während das Entdeckenswerte eigentlich neben den Schienen zu finden ist.

» *We're off the rails.*

Now we are trains ourselves. «

(The Notwist)

Nick Cave >>

... heißt es auf dem Album »Neon Golden« der leise-schwermütigen Renitenten von The Notwist. Wer lange und konsequent genug neben den Schienen, neben der Spur, agiert, der zieht berechtigt Aufmerksamkeit auf sich. Nicht nur die von anderen Freaks (angeblich hat ja Björk das Notwist-Mitglied Martin Gretschmann aka Console persönlich angerufen und um Mitarbeit gebeten). Mit ihrer originären Melange aus Rock-Restbeständen, Powerbook-Britzeleien und kultiviertem Song-Klassizismus wurden The Notwist heuer auch von vielen Passanten wahrgenommen, die sonst immer nur auf der alternativen Hauptstraße flanieren.

»Off the rails«-Sein: Das ist eine Haltung, eine Befindlichkeit. Ein Zustand, der sich erwartungsgemäß nicht genau definieren lässt. Sicher ist: Abschottung vom tagesaktuellen Getriebe und individuelles Arbeiten sollten nicht mit wertkonservativem Auf-der-Stelle-Treten verwechselt werden. Hier geht es nicht um AC/DC, The Ramones, Motörhead, Hazel Adkins oder andere liebenswürdige Sturschädel-Institutionen. Oder gar die Heerscharen muffiger Gothic/Wave/Indie-Combos, die sich in ihren Kellerlöchern vor den Trendmühlen verstecken, nur um dort schimmlige, alte Suppen aufzukochen.

Es geht ja auch keineswegs um eine zwangsignorante Einstellung gegenüber gewachsenen Szenen wie etwa Hip Hop oder der Dance-Kultur. Skiz Fernando, Chef des New Yorker Dub- und Hip-Hop-Labels »Wordsound«, legt durchaus Wert darauf noch als Partikel einer universellen Rap-Idee wahrgenommen zu werden. Allerdings ist seine Sammelstelle für Durchgeknallte und Egozentriker ein kleiner Stachel im Fleisch des gegenwärtigen Konsens-Hip-Hop. Fernando will mit »Wordsound« der arschwackelnden, luxusverliebten Welt von P. Diddy und Co. einfach einen grindig-rohen Kontrapunkt entgegenstellen. Doomige Darkness anstatt alles beherrschender Sex'n'Low -Riders'n'Goldketten-Ästhetik. Zuckelige Zeitlupen-Beats statt »schmoover« Grooves. Hip Hop dennoch, wenn auch an der äußersten Peripherie des Genres angesiedelt. Mit Wordsound verbandelt ist auch ein loses Konglomerat britischer Grenzüberschreiter, deren Pfade sich bis in die Anfänge des Deathmetal und Grindcore verfolgen lassen. Ende der Achtziger knüppelte Mick Harris als Drummer der erfolgreichen Brachial-Metzel-Formation Napalm Death die ultraschnellsten Blastbeats des Planeten und veräußerte sich Justin Broadrick als Sänger/Gitarrist der Industrialrocker Godflesh in aufreibenden Liveshows. Der Kontakt mit Hip Hop, der Techno-Explosion wie auch mit englischen Ragga-Soundsystems trieb beide aus dem sicheren Metal-Lager ins Reich der nicht mehr einordenbaren Außenseiter. Broadrick mixt heute mit dem früheren Jazz-Avantgardisten Kevin Martin in Projekten wie Techno Animal oder Ice brisante Cocktails aus white noise und swingender Downtempo-Bedrohlichkeit. Harris stößt als Einmann-Dub-Monster Scorn schon lange headbangende Ex-Fans vor den Kopf und erweitert die Hörgewohnheiten offener Geister. Oft weichen die Tracks dieser Mischpult-Extremisten Lichtjahre von dem ab, was in einem bestimmten Moment als hip verhandelt wird. Manchmal sind sie nur einige hundert Meter davon entfernt. Neben der Spur liegen sie immer.

» *Ich weiß nicht, wieso ich euch so hasse,*
Fahrradfahrer dieser Stadt.
Ich bin alleine und ich weiß es
und ich find es sogar cool
und ihr demonstriert Verbrüderung. «

(Tocotronic »Freiburg«)

Kurz zurück zu The Notwist: Auch die notorischen Zwischen-den-Stühlen-Steher aus Bayern nähern sich auf ihrem aktuellen Album »Neon Golden« respektvoll den bestehenden Schubladen wie Dub oder Electronica. Allerdings um sich mit den nötigen Inspirationen sofort zurück ins Privatlabor zu begeben und dort etwas jenseits sämtlicher Schranken zu produzieren. An der Band rund um die Brüder Markus und Micha Acher lässt sich übrigens ein Problem festmachen, das immer dann auftritt, wenn produktive Einsiedler ins Rampenlicht rücken. Weil singuläre Ausnahmeerscheinungen im flashigen Medienzirkus nicht genug hergeben und die Wahrheit, die sich hinter Album A oder Band C verbirgt, zu kompliziert oder schlicht zu langweilig ist, muss nötigenfalls eine »Bewegung« konstruiert werden. Vorhang auf für den »Sound of Weilheim«. Hört sich gut an, von einem quicklebendigen Ambiente rund um The Notwist zu schreiben, von unterschiedlichsten Bands, die sich gegenseitig befruchten. Muss wohl eine Musikoase mitten in der süddeutschen Provinz sein, wo ordentlich was abgeht. Wer ein paar Tage im echten Weilheim verbracht hat, weiß dagegen nicht nur das Wort »Kaff« neu zu definieren, sondern auch um die Nichtexistenz auch nur eines einzigen passablen Szene-Dreh- und Angelpunkts. Die ganzen Gruppen, die sich aus dem Notwist-Line-Up und Umfeld speisen, entpuppen sich als (geglückte) Versuche dem kleinstädtischen Mief mittels Rückzug ins Kreative zu entkommen. In diesem Kontext wäre es wirklich interessant, zumindest die Popgeschichte der letzten Dekaden mit all ihrer Simplizität, Verknappung und Konzentration auf Szenen, Städte und Labels mal ein wenig neu zu schreiben. Wieviele Retorten-Szenen haben sich irgendwelche Wichtel ausgedacht um dem Brötchengeber entgegenzukommen?

NICK CAVE TRÄGT LÄNGST ROSA SOCKEN.

Weil hier ja schon der Name Nick Cave gefallen ist: Als seine erste Band, die australische Wüterich-Combo The Birthday Party, im Februar 1980 in London ankommt, kauen die Musikjournalisten gerade besonders unruhig an ihren Bleistiften herum. Die Auflösung der Sex Pistols und der Selbstmord von Joy-Division-Ikone Ian Curtis haben ein Vakuum hinterlassen. Und da tauchen diese seltsamen Typen von »down under« auf, drogeninfiziert, in alten Anzügen, vom Blues und Punk zugleich besessen und existenzialistische Lektüre unterm Arm. Eine bizarre Mischung, die wirklich nur im Pop-fernen Melbourne entstehen konnte. Anstatt das Phänomen Birthday Party und den charismatischen Sänger als nicht unklassifizierbare Aliens zu begreifen, macht Englands Presse, was sie immer tut: Sie bastelt schnell an einem passenden Überbegriff. »Goth« heißt die neue Grabkammer, in der britische Dunkelmänner wie The Cure oder Sisters Of Mercy ebenso vermodern wie die US-Blues-Restaurateure Gun Club oder eben Mr. Cave & Co.

»A dying country spinning slowly on its axis in its own sludge aided in its demise by movements and collectives.«
(Nick Cave)

Oft funktioniert eine Schublade erst richtig gut, wenn sich sämtliche schwierige Eigenbrötler, für die sie ausgedacht wurde, zurückgezogen haben. Grenzten sich frühe elektronische Individualisten wie Throbbing Gristle, Foetus oder Cabaret Voltaire bald vom Sammelbegriff »Industrial« ab, verkauften sich diverse Pop-Metal-EBM-Mutationen später prächtig dank dieses Etiketts. Grunge war irgendwann auch nicht mehr als ein notdürftiges Wort für ein neues, dreckigpunkiges US-Indie-Verständnis. Aber nach »Nevermind«, dem verdienten kommerziellen Durchbruch und für Insider auch gleichzeitigen Abschluss des Anti-Genres, ging es erst richtig los. Die Geschichtsfälscher der Medien wandten Freaks wie dem schwergewichtigen Tad Doylc oder den Melvins den Rücken zu und machten aus Hardrock-Poseuren wie Stone Pearl In Chains den »wahren Grunge«. Selbstverständlich distanzieren sich die »Aliens« weiterhin mit aller Gewalt

Tricky >>

vom aufgeklebten Etikett. Wobei diese verschrobenen Innovateure, die am Rande der wie auch immer gearteten Zentren existieren, letzlich gegen den Prozess der Vereinnahmung keine Chance haben. Nick Cave konnte in Birthday-Party-Zeiten noch so viele Hasstiraden gegen den »New-Super-death Tribe«, also die englischen Gruftcombos, ausspucken und von Bob Dylan, Elvis oder den Stooges schwärmen – der Stempel blieb. Und sogar heute, wo der Mann längst rosa Socken trägt und mehrfacher Familienvater ist, wird seine spezielle Art der Melancholie noch immer als Sound für Alt-Grufties gebrandmarkt.

«Ich habe niemals eine Bewegung gegründet, lanciert oder ihr angehört. Ich bin Surrealist gewesen, das ist eine Tatsache, aber ich glaube, dass ich es tatsächlich sein wollte, und ich war es tatsächlich, aber ich war es nicht, wenn ich Manifeste lancierte oder unterzeichnete, außer wenn es geschah um einen Papst, einen Dalai-Lama, einen Buddha, einen Arzt, einen Gelehrten, einen Priester, einen Bullen, einen Dichter, einen Schriftsteller, einen Mann, einen Pädagogen, einen Revolutionär, einen Anarchisten, einen Klostermönch, einen Eremiten, einen Rektor, einen Yogi, einen Okkultisten zu beschimpfen.«
(Antonin Artaud)

Zwei, drei berechtigte Einwürfe könnten sich spätestens an dieser Stelle aufdrängen. Erstens: Hier versucht jemand durch die Hintertür das gesamte 19. Jahrhundert und den Genie-Begriff wieder reinzuschmuggeln und ein paar »begnadete Künstler« vom schnöden Rest abzugrenzen. Ich bitte um Freispruch in diesem Anklagepunkt. Natürlich verdanken sich der Alien und sein spezieller Sound nicht dem göttlichen Funken. Aber eben auch nicht dem gemeinschaftlichen Spirit einer Anzahl »Bewegter«, die in saucoolen Bars und geheimen Kommandozentralen die nächste Revolution aushirnen.

Beim eingangs erwähnten talentierten Ghetto-Boy Adrian Thaws sind es die Platten- und Videosammlung der Musiker des »Wild Bunch« Kollektivs in Bristol, deren nächtelange Studiomarathons, das Aufeinanderprallen von schwarzen Musiktraditionen und blassgesichtigem Punk, Rap-Contests und der Spaß an richtigen Refrains, rudimentäres Sampling und gute Kontakte, Voodoo-Magie und eine junge Freundin names Martina Topley-Bird, die einen Charakter namens Tricky erschaffen. Fortgeschrittene Autoren reflektieren all das, aber die Mehrheit wirft den Mann einfach in die Mitte der Neunziger kreierte Trip-Hop-Lade. Fortan findet man auch den verstörenden Avant-Rock von Tricky im selben Regal wie den Downtempo-Stoff von Kruder, Dorfmeister etc.

Na gut, höre ich den nächsten Einwand, aber ist Pop nicht prinzipiell eine hochgradig artifizielle Angelegenheit, larger than life? Gehören die Verdrehung der Tatsachen/der Hype/der Great Rock' n'Roll Swindle nicht in diesem Spiel von vornherein dazu? Doch, schon. Aber es ist etwas anderes, ob Musiker und Labels von sich aus einen Fake inszenieren oder ob sich eine ausgehungerte Printmafia die Wirklichkeit so easy zurechtformt, wie es ihr passt. Dass der forcierte Blick auf Städte, Gruppierungen und Instant-Szenen die tiefere Wahrnehmung einzelner Artists verstellt und verfälscht, ist übrigens ein altes Problem, das auch einige Paten des zeitgenössischen Pop-Outsidertums betraf. Dabei formten die französischen Surrealisten, die Wiener Gruppe oder auch die österreichischen Aktionisten der späten sechziger Jahre ja noch wirklich Kollektive, verfassten Manifeste, lebten uns so richtige

Bohemien-Existenzen vor. Aber bei genauerem Hinsehen sind es primär die Dissidenten innerhalb dieser Vereinigungen, die die größte künstlerische Sprengkraft entwickelten. Die Außenseiter unter den Außenseitern: Antonin Artaud, der die Kaffeehaus-Revolte des Surrealismus enttarnte und statt geschliffener Worte nur mehr grimassierend und gestikulierend den eigenen Körper in die Schlacht warf; Konrad Bayer, dessen anarchisches Aufrührertum mittels Poesie posthum überlebte; Rudolf Schwarzkogler, der Aktionist, der in all seiner seltsamen Gegensätzlichkeit auch die Musealisierung der orgiastischen Tabubruch-Ferkeln aus Wien überstand (wenn auch, wie Bayer, physisch nicht überlebte). Lange wurden diese Künstler nur im Kontext der Strömungen gelesen, denen sie gewisse Momente lang angehörten; erst spät setzten sich ihre individuellen Stimmen durch.

Wenn wiederholt im Zusammenhang mit dem Œuvre dieser drei exemplarischen Figuren von pseudoheroischem Einzelgängertum und freiwilligem Autismus die Rede ist, dann soll das nicht hinwegtäuschen, dass Artaud/Bayer/Schwarzkogler im Gegenteil den Austausch und die Auseinandersetzung wünschten. Aber eben nach ihren Regeln, jenseits der Schablonen, Ideologien und Gesetze auch der eigenen Community.

»When I was at school, I was always on my own. I was never part of a group. I wasn't good at football. I wasn't a geezer« (James Lavelle zum Magazin »Mixmag«)

Kommunikation und nicht die totale Isolation im Proberaum, Bedroom-Studio oder der Gummizelle suchen auch die unterschiedlichen Freaks und Aliens des Pop, all die umstürzlerischen Gift- und Galle-Spucker und schüchternen Käuze, die hedonismussüchtigen Nachtschattengewächse und Beautiful Freaks. Nur wollen sie sich ebenfalls nicht den herrschenden Reglements unterwerfen, ob in Alternative-Land oder der wirklichen Welt draußen. In der Auseinandersetzung mit letzterer haben viele Bewohner der beschriebenen Seiten- und Quergassen Erfahrung. Entspringt eine Karriere als musikalischer Außenseiter doch nicht selten einer Biografie als sozialer Sonderling. Das muss nicht gleich an Vergewaltigungen in der Kindheit, schwerste Psycho-Traumata oder familiäre Beschädigungen denken lassen. Sondern eher an Legionen von Unterstufen-Outcasts, Bücherwürmer und Zahnspangen-Kids, an Unsportliche, Brillenschlangen und Tagträumer, denen die Diktatur des »Normalen« mindestens bis zum Ende der Adoleszenz den Alltag zur Hölle machte. Erst recht den weiblichen Vertreterinnen dieser Spezies, die nicht den vernünftigen, antiseptischen und mit einem breiten Zahnpasta-Lächeln ausgestatteten Mädchen-Idealen folgten. Sondern stattdessen pummelig, schlecht gelaunt, sarkastisch und introvertiert die Schulbank drückten. Anstatt später zum emotionalen Fressen für Therapeuten zu werden, destillierten einige von ihnen ihr beschädigtes Gefühlsleben lieber in Songs. »Ich fühle definitiv eine Verbindung zu Frauen wie PJ Harvey, Tori Amos, Courtney Love oder Fiona Apple«, erzählte mir Shirley Manson von Garbage einmal im Interview, »die, ähm ... Geeks wie ich sind.« Nachdem die Buben und Mädchen, die im Turnunterricht ausgelacht wurden, lange aus der Popkultur ausgeschlossen waren (oder sich getarnt einschleusten), begannen sie in der Gestalt von Tricky und Courtney, Shirley und Marilyn Manson, Kurt Cobain, Jarvis Cocker, Trent Reznor, Björk, Billy Corgan, Beck, Missy Elliott, Aphex Twin, Polly Harvey, Thom Yorke, Vincent Gallo oder den Nu Metal-Geeks Jonathan Davis und Chino Moreno offensiv zurückzuschlagen. Wobei jetzt nur schnell ein paar Namen genannt wurden, die in Sonderling-City prächtig möblierte Villen im weißen, überwiegend heterosexuellen Viertel bewohnen. Aber auch weniger schlagzeilenträchtige Außenseiter wie Sensational, Yamatsuka Eye (Boredoms), Gonzales, Will Oldham, Stina Nordenstam, Bill Callahan (Smog) oder Dälek bilden einen Gegenpol zur Fit-for-Fun-Gesellschaft der alternativen Musterschüler und Cheerleader, agieren in ihrem individuellen Bezugssystem, ermutigen weitere Schmetterlinge aus einem Kokon zu schlüpfen. »Get Ur Freak on«, Missy Elliotts genialer Über-Track, darf als militante Aufforderung an die Alien Nation verstanden werden die Popkultur immer selbstsicherer zu erobern.

DIE GIFT- UND GALLE-SPUCKER UND SCHÜCHTERNEN KÄUZE

Beständiges Straucheln und Fallen gehört dabei klarerweise dazu, schließlich weht an den äußeren Rändern oft ein scharfer Wind. Auf jeden Eigenbrötler, der sich seinen Platz in irgendeinem Hörer-Herz, -Hirn oder einer ordinären Charts-Liste sichert, kommen hundert Obskuranten, deren bizarre Sound-Forschungen nie jemand zur Kenntnis nimmt. Die niemals in irgendwelchen, noch so spezialistischen Koordinatensystemen auftauchen. Nicht wenige stürzen sich mit dem Beharren auf ihrem »Off the rails«-Sein in den kommerziellen und persönlichen Ruin. Erst im Verlust findet der Mensch zu sich selbst, notierte der Verschwendungsphilosoph Georges Bataille dazu sinngemäß und schwärmte vom Lachen angesichts des Untergangs.

(Dedicated to Dr. Nachtstrom für besonders lustvolles Nebender-Spur-Liegen. Und an Werner Geier für die ersten Einblicke in bestimmte Seitengassen und Nischen des Pop.)

» *Fail with consequence,*
lose with eloquence and smile «

(The Notwist)

:you're at home baby
radio
FM4
NEU:24/24 STD

Ich höre durchschnittlich 7 Stunden pro Tag Radio, den Rest der Zeit schaue ich abwechselnd Fernseher, Mikrowelle oder Toaster

»Wahnsinn«

(Roy Black)

>> PROJEKT X
ICH HABE DAS LICHT GESEHEN: EIN HAUPTPROJEKTLEITER BEIM MUSIKANTENSTADL

Von Hauptprojektleiter Clemens Haipl

>> ES IST IN OBERWART ERSCHIENEN UND HEISST KARL MOIK. EIN DEMÜTIGER FAN BEIM EINZIG ORIGINALEN MUSIKANTENSTADL BERICHTET.

Ich weiß nicht mehr genau, wie und wieso ich überhaupt auf die Idee gekommen bin, dass es für meine irdische Existenz von wesentlicher Bedeutung sein könnte, dass ich einmal den Musikantenstadl live sehe. (Ohne ironisch verächtliches Beiwerk. Mit dem grundfesten Vorhaben einen Abend der vielleicht etwas anderen Art in vollen Zügen zu genießen.) Gleich vorweg: Ich habe ihn gesehen, ich bin jetzt auf einer höheren Bewusstseinsebene und ... nein, ich bereue keine Sekunde.

Irgendwie habe ich vor einigen Wochen beschlossen, dass ich da hinfahren will. Man wusste bis vor kurzem ja nicht, ob der Karl Moik den Stadl überhaupt noch weitermachen würde. (Wir erinnern uns: Man hat ihn von ORF-Seite schmählichst beleidigt und ließ ihn den Stadl aus Dubai nicht live übertragen. Eine Gemeinheit, auf Grund derer Karl Moik zu Recht beleidigt war.)

So, ich habe also im Bekanntenkreis kurz angefragt, wer denn noch aller der Meinung ist, dass es beileibe nicht reicht einen Baum zu pflanzen und einen Sohn zu zeugen, und rasch fanden sich elf Gleichgesinnte. Insgesamt zwölf also, (man muss bei so etwas immer sich selber auch mitzählen, das machen viele Leute oft falsch). Zwölf Menschen am Rande des Deliriums, die alle seit Wochen dem großen Abend entgegengefiebert haben. Wir haben uns lange überlegt, was wir anziehen sollten, haben uns überlegt, ob wir das überhaupt überstehen werden, waren unsicher, haben gezweifelt, voller Angst, unschlüssig, ob es wirklich eine gute Idee sei dorthin zu fahren. Dorthin, ins Südburgenland, eine feindliche Gegend mit wilden Eingeborenen, die viele »iauns« sagen, die uns vielleicht fressen würden. Und dann auch noch ein Musikantenstadl, die Höhle des Löwen, der Supergau.

Aber, nichts dergleichen! Es war großartig! Weihnachten ist ein Lercherlschas dagegen. Es hat mir so gut gefallen, dass ich mich nicht trauen würde noch einmal zum Musikantenstadl zu fahren, weil ich Angst hätte enttäuscht zu werden. Besser als im Südburgenland kann es nämlich nicht mehr werden. Ich habe jetzt das ehrliche Gefühl mein lächerliches fleischliches Dasein im großen Universum bereichert zu haben. Ich habe den Mount Everest bestiegen, Amerika entdeckt und die Fußball-WM gewonnen (obwohl mir letzteres herzlich egal ist, eigentlich). Von jetzt an werde ich vor keinem Frühschoppen zurückweichen, mir kann keine Volksmusiksendung mehr etwas anhaben und ich kann jeder Blaskapelle gefasst ins Auge blicken.

Man hat als fantasiebegabter Mensch so durchaus seine Vorstellungen, wie es am Musikantenstadl wohl zugehen mag, aber selbst die gewagteste Erwartung wird um Längen übertroffen. Die Menschen in Lederhosen existieren genauso wirklich wie die unrhythmisch klatschenden Menschen, denen ich Liebenswertes abgewinnen kann, ihnen aber auch Modelqualitäten im Deix'schen Sinn zuspreche.
Ich war mittendrin, habe alles gesehen: Karl Moik, wie er einen Meter neben mir vorbeigeht, freiwillige Feuerwehr, Joki Kirschner am Nebentisch, Albano Carisi (keine Ahnung, ob der so heißt und sich so schreibt) am Weg zur Toilette, Wolfgang Fierek (ein Bayer auf Rügen), der mit uns Sterblichen geplaudert hat, die großen Gitti und Erika (die haben gesungen, glaub ich), die Wolfgang Lindner Band (mit lustigem Regenschirm-Gag), die neue Stadl-Deko in hellem Holz und mit Springbrunnen ... (Ich bin im An-

schluss an die Sendung andächtig durch die Kulisse gegangen, habe das Gefühl gehabt, dass hier gerade das einzige wissenschaftlich bestätigte UFO abgehoben ist, und war mir der historischen Bedeutung des Moments sehr bewusst.) Gut, wir haben auch ein bisschen Bier getrunken, aber Schamanen und Druiden nehmen ja auch Halluzinogene, bevor sie rituelle Handlungen setzen.

WEIHNACHEN IST EIN LERCHERLSCHAS DAGEGEN.

Ich habe geschunkelt, geklatscht, habe mit Entzücken gesehen, wie Wolfgang Fierek vor laufender Kamera die Perücke meines Freundes Günther aufgesetzt und leidenschaftlich zum Playback seinen wohlgeformten Mund bewegt hat. Ich habe es nicht glauben können, wie Karl Moik nach der Sendung meinem Freund Hanne auf die Schultern geklopft hat und ihm zu seinem guten Outfit und der geschmackssicher gewählten Sonnenbrille gratuliert hat.

Ich habe mehr als zwei Stunden lang selig gegrinst, mir extra ein hübsches Flinserl ins Ohr gesteckt, weil ich mich für den großen Abend fesch machen wollte, habe Pololeiberl mit Sakko getragen (auf der Eintrittskarte wurde um festliche Kleidung gebeten) und natürlich auch Autogramme geholt. Die wunderbare Blumendeko wurde im Anschluss an die anwesenden Gläubigen verteilt. Ich habe einen Efeu und eine gelbe Topfpflanze ergattert, die nun bei mir einen Ehrenplatz bekommen. (Ich weiß noch nicht genau, welche ich Karl taufen werde.) Das ist so, als hätte man ein Stück vom Turiner Leichentuch bekommen und darf damit daheim den Tisch decken. Mir ist schon klar, dass das alles nicht sehr informativ und sachlich ist, aber ich bin einfach noch zu sehr emotionalisiert. Bitte versteht diesen Text eher als Traumdeutung! Ich kann nur aufrichtigst empfehlen: Vergesst Wiesen, Rock am Ring, egal was ... Ihr habt nichts gesehen, wenn ihr nicht am Musikantenstadl wart. Fahrt einfach hin, staunt, genießt. Es ist jeden Cent wert!

Servus, pfiat Gott und auf Wiedersehen!

FM4 ORF.at

I:::LOGIN I::

I:::MAIL AN FM4 I:::WANTED I:::STATION I:::SHOP

OFFLINE: FM4.ORF.AT

Die Homepage zum Nachlesen

Hier in Reinschrift: Ausgesuchte Glanzlichter aus der FM4-Homepage inklusive intelligenter & bizarrer Postings aus der Leserschaft. Stadtbriefe und Glossen aus Hamburg, Sarajevo, London & allen möglichen Winkeln Österreichs. Wir lieben sie, unsere Community, unsere Chatter & Chatterinnen, Postingprinzen & -prinzessinnen. Natürlich fahren wir einander dabei auch manchmal – rein verbal, natürlich – gehörig übers Maul, wie sichs für echte Leidenschaften eben so gehört …

: offline

>> NICHTS GEGEN DIRTY SEX, ABER ... BEOBACHTUNGEN AUS DER FREIEN WILDBAHN

>> AUS DEM HOST-BEREICH VON SIGRID NEUDECKER

Hamburg | 02.05 | 11:59

Männer, Fraun – niemand sollst du traun. Beobachtungen aus der freien Wildbahn und wieso Klöster doch nicht so übel sind.

Es gibt da diese Wohnung. Zum Schutze der Betroffenen wollen wir keine genaueren geographischen Angaben machen, ich will ja nicht, dass uns hier alle die Bude einrennen. Diese Wohnung wurde in den vergangenen Jahren hauptsächlich von Männern bewohnt. Vor einem Jahr bezog mit Katrin erstmals eine weibliche Untermieterin das Gästezimmer. Bis dahin war man in der Wohnung offensichtlich der Ansicht, dass es aus hygienischer Sicht genügt sich selbst zu reinigen. Gerüchten zufolge soll hin und wieder das Geräusch eines Staubsaugers aus der Wohnung gedrungen sein. Vermutlich die einzige Alternative zum Buschmesser.

Katrin übernahm die heldinnenhafte Aufgabe jene Teile der Wohnung zu reinigen, die sie selbst zu benützen gedachte. Das Klo putzte sie gleich zwei Mal. (Nach dem ersten Mal hatte sie hineingereihert.) Außerdem setzte sie die Neuanschaffung eines Kühlschranks durch. Die Lebensformen, die sich im Alten niedergelassen hatten, widerstanden selbst Napalmangriffen. (Angeblich haben die Produzenten der »X-Files« das alte Gerät um viel Geld angekauft.)

Katrin hat sich vor wenigen Wochen und nach mehreren Tetanus-Spritzen in eine frischgeputzte Wohnung gerettet, seither versucht ihre Nachfolgerin den Ausbruch der nächsten Cholera-Epidemie zu verhindern – allerdings gegen den passiven Widerstand des Quartiergebers. Ein Regalbrett zu putzen, auf dem Geschirr steht, hält Wilhelm für überflüssig. Auch, wenn man die Kaffeehäferln dort bereits auf eine idyllisch knirschende Staubschicht stellen musste (»härtet ab«). Einen Kühlschrank zu reinigen, hält er für zwänglerisch, weil ein Jahr alte Kühlschränke schließlich »noch nicht dreckig« sein können. Eine provisorisch geputzte Kloschüssel bezeichnet er mit ironischem Unterton als »fast schon hygienisch sauber«, nur weil keine Überreste mehr darin kleben. (Die Existenz von Klobürsten streitet er – wie viele seiner Geschlechtsgenossen – kategorisch ab. Wenn das Häusl verdreckt ist, macht man den Deckel drauf. Fertig.) Und bei einem Waschbecken, das zuvor ca. einen Zentimeter dick mit Bartstoppeln verkrustet war, erkennt er keinen Unterschied zum gesäuberten Zustand.

Allein durch das Entsorgen der Altpapierstapel könnte er locker 5 Quadratmeter Wohnraum dazugewinnen.

Ich habe wirklich nichts gegen Dreck, solange es mein eigener ist und ich ihm beim Aufwachsen zuschauen kann. Aber fremden Schmutz übernehmen, wenn er schon laufen kann – nein, danke!

Die Evolution? Eine Männererfindung

Der Punkt? Wilhelm kann sich kaum vor Anträgen der holden Weiblichkeit retten. Die, die es ernst meinen, überstehen sogar den Anblick der Wohnung. (Und laden ihn aus gesundheitlichen Gründen lieber zu sich ein.) Vermutlich setzt bei ihnen jene Art Mutterinstinkt ein, der Frauen dazu bringt ihnen teure Menschen vor allem Schmutz dieser Welt zu bewahren. Wilhelm fährt seit Jahrzehnten gut mit dieser Taktik. Er hat sein Leben lang vermutlich nicht einmal ein Ei gekocht, findet immer gute Freundinnen, die seine Partys mit Essen versorgen, und auch gar nichts dabei, dass er nach fünf Jahren in seiner derzeitigen Wohnung erstmals den Altglascontainer im Hof entdeckt hat.

»Der Mann fühlt sich in der Zivilisation einfach nicht heimisch.

Ihm das vorzuwerfen hieße, einem Büffel darüber Vorhaltungen zu machen, dass ein Antiquitätenladen nicht seine natürliche Umwelt darstellt.« Das schreibt ein Herr namens Dietrich Schwanitz in seinem Buch »Männer – Eine Spezies wird besichtigt«. Wilhelm macht es offensichtlich richtig. Denn das Gegenbeispiel, Stephan, hätte durch seine – absolut durchschnittliche! – Ordnungsliebe beinahe seine Lebensgefährtin abgeschreckt. Als er Birgit zum ersten Mal zu sich nach Hause einlud, war die von der dort herrschenden Sauberkeit dermaßen irritiert, dass sie ihn prompt für schwul hielt.

Wenn so Evolution funktioniert, dann gnade uns Gott.

POSTINGS

MONTYPYTHON [vor 32 minuten
ich halt auch nix von übertriebener reinlichkeit, aber gleich nach dem aufstehen in eine pizza salami von gestern abend hineinsteigen und sich dann wundern, warum das T-shirt auf der dipsauce von den tacitos liegt, ist nicht gerade der ideale start in den tag

VÄÄTÄINEN [vor 55 minuten
empfohlene lektüre:
neues GEO!
super elektronenmikroskopaufnahmen von bakterien und so einem zeug! und das trotz geputze und auch auf neuen und unbenützten gebrauchsgegenständen. am grauslichsten war die nahaufnahme einer zahnbürstenborste!

UWEHEIMEN [vor 2 stunden und 9 minuten
dirty?
ich wohnte mal in einer teppichboden-wg ohne staubsauger! wir haben 3 jahre lang den boden nicht gesaugt und dann mal einen staubsauger ausgeborgt. die überraschung war groß: der boden war gar nicht grau, sondern beige!
iiieieeeeee!

SNUFKIN [vor 3 stunden und 17 minuten
alles eine frage der erziehung, meine mutter ist ausgebildete krankenschwester und so wurde ich auch zur reinlichkeit gezwungen.
aber, wenn man die ersten eigenen atelier-meter vernachlässigt, vielleicht sogar seit mehreren wochen nicht mehr besucht hat, möchte man gar nicht daran denken, welche lebensformen sich entwickelt haben könnten.
ich sollte vielleicht ein spezialkommando hineinschicken, oder man gebe mir flammenwerfer und atemschutzgerät, damit ich es mit übergroßen wasserflöhen und spinnen aufnehmen kann...

LIXNUX [vor 5 stunden und 47 minuten
erinnerungen an meines vaters wg
als ich so mit 7 oder 8 jahren zum ersten mal meinen vater in seiner (männer-)wg vom StudentenWerk besuchte, erging es mir ähnlich. nach ein paar jahren musste er jedoch ausziehen, er war mit dem studium fertig. gottseidank musste ich die säuberungsaktionen, die letzten endes wohl doch stattgefunden haben mussten, nicht mit ansehen. heute ist er dipl. psychologe an einem privaten institut, das forschungen für die pharmaindustrie macht.

fm4.orf.at/dirtysex

>> DIE GRÜNE SCHNEISE DIE WANDLUNGEN DES ÖSTERREICH-HAUSES IN SARAJEVO

AUS DEM HOST-BEREICH VON ENES HARAČIĆ

>> DIE FREILUFT-GALERIE DER HIP-HOP-SZENE VON SARAJEVO – ODER: WAS NACH JAHREN DES BÜRGERKRIEGS VOM OLYMPISCHEN ÖSTERREICHER-HAUS IN SARAJEVO ÜBRIG BLIEB.

Sarajevo I 19.09.2001 I 21:29

Seit mittlerweile 14 Jahren genieße ich den großartigen Blick von meiner Wohnung ganz oben auf einem der vielen Hügel Sarajevos hinunter auf meine Stadt: die Dächer der Altstadt, die Berge rundum, die Straßen, die Parks, der Himmel.

Direkt unter mir liegen mehrere Parkanlagen, daneben ein Friedhof, eine grüne Schneise, die sich vom Präsidentschaftsgebäude ins Stadtzentrum bis zur Olypia-halle erstreckt. Vor ein paar Jahren war das noch ein schöner, waldähnlicher Park mit großen, beinahe wild wachsenden Bäumen und Büschen. Zu jener Zeit (im Jahr 1984, als Sarajewo Austragungsort der Olympischen Winterspiele war), baute das österreichische olympische Team ein nettes, halb hölzernes Fertigteilhäuschen mit kreisrundem Grundriss in der Mitte des Parks auf, das den Sportsleuten bei der Olympiade als Hauptquartier dienen sollte. Es wurde das »Österreichische Haus« oder »Austrijska kuća« genannt, so stands auch in großen Buchstaben neben dem Eingang zu lesen. Nach der Olympiade wurde das Österreichische Haus der Stadt

übergeben und für Ausstellungen und Kulturveranstaltungen verwendet. Im Sommer verwandelten ein paar Tische und Stühle den Platz vor dem Haus in ein sehr entspanntes Freiluft-Café. Ich kann mich noch gut dran erinnern, wie ich dort mit meinem Vater zusammen im Schatten der großen Bäume saß, wo wir zusammen wertvolle Stunden zwischen Vater und Sohn verbrachten.

Monate später musste ich von meinem Fenster aus den hungrigen und verzweifelten Bürgern Sarajevos dabei zusehen, wie sie einen Baum nach dem anderen umschnitten. Sie verwendeten das Holz zur Zubereitung von Konservenbohnen, Nudeln und Reis auf improvisierten Kochgelegenheiten und um während der brutal kalten Wintermonate in dieser Stadt ein wenig einheizen zu können. Ich war auch Augenzeuge, als schließlich das Österreichische Haus selbst an die Reihe kam und als Brennstoff für die hungernden Gefangenen des belagerten Sarajevo herhalten musste.

Ein von den Hügeln der Umgebung abgefeuerter Sprengkörper flog an unseren Häusern vorbei, schlug im Dach des Österreichischen Hauses ein und zerstörte einen weiteren Teil der Holzkonstruktion. Die Szene erinnerte an eine jener Zeitrafferaufnahmen von Insekten, die ihre Beute aufessen, bis nichts mehr davon da ist.

Seither hat sich hier nichts verändert. In den Parks wurden ein paar mickrig aussehende Bäume gepflanzt, die an die alte Pracht der Wälder nie und nimmer herankommen. Die Grundmauern dessen, was vom Österreichischen Haus übrig ist, sind immer noch da, stehen da in ihrer Hässlichkeit, zum Teil von Büschen überwachsen, und dienen als behelfsmäßige Toilette für Leute mit dringenden Bedürfnissen. Der Platz vor dem Pavillon wird von – zumeist ziemlich aggressiven – Autobesitzern als Parkplatz benützt. Nicht die Art von Leuten, die früher hier am Sonntag auf ein Getränk vorbeigekommen sind.

Heute werden in den Resten des Österreichischen Hauses neue Kunstwerke beherbergt. Junge Graffiti-Künstler, die zur starken, örtlichen Hip-Hop-Szene gehören, haben die Wände in ihrem eigenen Stil neugestaltet und damit ihre eigene Dauerausstellung eingerichtet. Jetzt gehört das Haus ihnen.

Oft denke ich an die Parks und die Bäume zurück, nicht aus Nostalgie (wenn man an die Zukunft denkt, hat man dafür keine Zeit), sondern als etwas Schönes, das nicht mehr da ist. Etwas, das jahrelang wuchs, aber nie seine Blüte erreichte.

Die Bäume sind nicht mehr da, sie werden von neuen ersetzt werden. Aber was machen wir mit dem Österreichischen Haus? Sollten wir ein neues, besseres, schöneres bauen und auf die Schatten der jetzt noch jungen Bäume warten oder einfach die wenigen übrigen Reste vom Erdboden entfernen? So wie es ist, will ichs jedenfalls nicht mehr sehen.

... Wiederaufbauen!
Sarajevo I 26.10 I 18:32

Hier wäre ein Beispiel dafür, dass zumindest manche der Geschichten auf dieser Webseite tatsächlich Dinge in Gang setzen. Nach meiner Story über das Österreichische Haus haben ein paar mutige Leute von Radio 3 und der Österreichischen Botschaft in Sarajevo sich daran gemacht das Haus wieder ansehnlich zu machen, indem sie den Müll und

den Dreck, der sich über die Jahre angesammelt hatte, wegräumten.

Nach getaner Arbeit gab es Gelegenheit ein paar Freunde zu einem formlosen Sonntagsbrunch unter freier Luft einzuladen. Zum Beweis, dass die Götter auf unserer Seite sind, stellte sich perfektes Wetter ein. Nette Leute, sanfte Musik, Essen und Trinken brachten das Österreichische Haus nach einem Jahrzehnt Pause wieder zum Leben. Nicht schlecht für einen ersten Schritt.

POSTINGS

SPORTBESIM [vor 20 stunden und 55 minuten
Den Marathon durchsprinten:
Ich denke, mein Freund, Nachbar und Mitbürger Enes hats schön ausgedrückt. Was die Stadt betrifft teile ich mit ihm nicht nur dieselbe Aussicht, sondern auch die gleiche Meinung. Ich muss es nur nicht jeden Tag sehen, weil ich die meiste Zeit anderswo verbringe und nicht auf dem Balkon im vierten Stock, von wo ich eine erstklassige Aussicht auf die Reste des Österreicherhauses genieße. Wenn ich aber in Sarajevo und zudem in berauschtem Zustand bin, wie das öfters vorkommt, wenn ich am Balkon sitze und auf den Balkon unter meinem runterspucke und dabei ein paar Wiener Flavors auf meiner Stereoanlage laufen, dann denke ich oft daran, wie nett es wäre ein neues Österreichisches Haus zusammen mit neuen Bäumen wachsen zu lassen, damit ich nicht mehr vom Balkon runterspucken muss. Dann würde ich zwischen den neuen Bäumen vor dem neuen Österreicherhaus chillen, während die Wiener Flavors sich auf unserem Plattenspieler drehen. Je früher wir damit beginnen, den Marathon der Veränderung durchzusprinten, umso besser wird die Aussicht von unseren Balkonen werden, und ich kann aufhören auf den unter mir zu spucken.

COMMUNAL [vor 3 stunden und 12 minuten
Sarajevo
War 97 selbst dort. Wir haben Schulmöbel in ein Gymnasium gebracht. Bosnien-Herzegowina ist auf dem Weg nach oben. Aber Veränderung ist eben mehr Marathon als Sprint.

fm4.orf.at/grueneschneise

: offline

>> WIEDER MAL »LEBENSLAUF« ... DIE KRISE HAT ZUGESCHLAGEN

AUS DEM HOST-BEREICH VON HANS WU

Wien I 13.02 I 22:57

Curriculum Vitae
Vor mehr als einem Jahr bin ich von FM4 weg um Spieleerfinder zu werden. Daraus wurde dann ein banaler Produktmanager in der New Economy. Spiele hatte ich trotzdem erfunden, aber nicht weitererzählen. Dann kam der Konkurs. Dann kam die Jobsuche. Dann kam ein Angebot in der gleichen Branche. Dann hatte ich wieder so einen schicken Titel mit »Manager« auf meiner Visitenkarte. Dann kam zwar kein Konkurs, aber die »Krise«. Und jetzt schreibe ich wieder Lebenslauf.

Life on Paper
Der Lebenslauf, oder in »New Sprech«: Siie Wiee (CV für Curriculum Vitae), steht am Anfang jedes Broterwerbs, jeder Lebensabschnittsbeschäftigung oder Karriere. Und Lebenslauf ist eigentlich nicht gleich CV. Ersteres war mal handgeschrieben, zweiteres sollte als formatiertes Word-Dokument Computerfähigkeiten beweisen. Das eine beginnt mit Volksschule, das andere mit dem letzten »Jobtitle«. Ein Lebenslauf wird auf deutsch, ein CV immer öfter auf Englisch geschrieben. Mittlerweile reden AMS-Trainer auch arbeitslosen Installateuren CVs ein, auch wenn die gar nicht daran denken in der New Economy oder im Ausland ihrem Beruf nachzugehen.

Je banaler desto besser.
Ein stringentes Leben sollte das CV offenbaren. Step by step, ohne Seitensprünge und Auszeiten. Marktfähig komprimiert auf wenige Seiten. Wie werde ich bloß mein abgebrochenes Studium wieder erklären? Wie, dass ich nur weniger als ein Jahr bei meinen letzten Job verbracht habe? Und eigentlich bin ich ja ganz stolz auf mein unstringentes, vom Zufall geprägtes Leben.

Schreibt in das Forum euren Lebenslauf. Komprimiert auf sieben Sätze. Die originellsten bekommen zwar keinen Job, werden aber von mir mit dem Jobtitel »Super Leiwand Manager« ausgezeichnet. Zum Ansporn vergebe ich, für die ganz Originellen, weitere mögliche Jobtitles:
Junior und Senior Super Leiwand Manager, Super Leiwand Consultant, Director of Super Leiwand Management, Vice President Super Leiwand etc.

POSTINGS

JOHNTOKYO [vor 43 minuten
left school – crashed life.

HANSWU [vor 1 stunde und 17 minuten
Kurz und gut
deswegen:
Manager for Redundancy

8SANA8 [vor 1 stunde und 25 minuten
Nach meinem Planula-Larvenstadium entwickelte ich mich zu einem sehr kleinen Polypen (0,6 – 1 mm), wobei ich mich nach 5 bis 6 Wochen teilte und mehrere Sekundärpolypen bildete. Bei einer Temperatur von ca. 23 Grad trat schließlich meine vollständige Metamorphose zur vollentwickelten Tripedalia cystophora ein.
Zur Zeit verbringe ich meine Zeit damit im Meer herum zu schwimmen und meine mit unzähligen Nesselkapseln ausgestatteten Tentakel in den Weiten der See umher treiben zu lassen ...
Allerdings machen sich in letzter Zeit erhebliche Selbstzweifel in mir breit und die Stimme in mir, die sich nach einer Neuorientierung sehnt, wird immer lauter. Nachdem ich in meinem bisherigen Leben eher gefährdender Natur war, würde ich mich nun gerne für humanitäre Aufgaben zur Verfügung stellen.
Hochachtungsvoll:
Tripedalia cystophora (Würfelqualle)

HANSWU [vor 2 stunden und 7 minuten
Copypaste Manager

PAVEMENT [vor 2 stunden und 12 minuten
ich würd mich gern als mastermind bewerben.
vor zwanzig jahren habe ich angefangen zu existieren.
die meiste zeit dieser 20 jahre hab ich damit verbracht mich zu wundern.
ansonsten habe ich extrem viele unpraktische und nicht vernünftig anwendbare kenntnisse und fertigkeiten erlangt bzw. schon immer besessen.
schulisch habe ich (noch) nichts zu ende gebracht und sonst auch wenig (wie auch, bei dem vielen wundern?).
ansonsten bin ich noch ein extrem guter snake-spieler am handy (1749 punkte) und fürchterlich undankbar im leben.

HANSWU [vor 3 stunden und 10 minuten
Ich nehm mal ...
... die Kernkompetenz »Snake«
Consultant for Ludic Boredom

BLIXA77[vor 3 stunden und 39 minuten
cv – meine bewerbung
rock'n'roll-highschool – abschluss: joey-ramone-stirnfransen-certificate
dann zipfer-zapfkurs – note:1
blixa-bargeld-schule des guten geschmacks, strategien gegen architektur – kurs I – III, bestanden
zur zeit: nightlifeakademie bei prof. tigerlily
mitglied des black-rebel-ramones-bicycle-clubs

HANSWU [vor 3 stunden und 51 minuten
Hmm ...
Manager Anachronistic Rock'n' Roll-Rituals?

RANAGAZOO [vor 4 stunden und 14 minuten
Bla
Nennenswerte Abschlüsse von Schulen: Keine. Relativ schlechte Zeugnisse und viel zu viel Sinnloses gelernt, School suxxx. Dafür

hab ich 'nen Computer und kann 6 Programmiersprachen: C++, Java, Maya, Delphi 6, Visual Basic (for Applications) und Flash. Current Projects: Enabling Network in Linz, Linux System with 19"-Server-Racket, SMTP-based Mail System and Software Engineering. Was qualifiziert mich noch für einen Job?
No school, no job, no life, just my Computer, me, Cigarettes, Coffee and TV, no Girlfriend, alone, one cat, $10m^{2}$-flat, Counter-Strike, FM4, no sports, much fun and Kilkenny Beer. No Parties, every day in time, no money.
Current wage: 300 Euro per month

HANSWU [vor 4 stunden und 52 minuten
Naja ... was willst? C++, Java is ja besser als jedes CV mit BWL und MBA
deswegen: Director of Existentialist Development and IT

JUBILEE [vor 5 stunden und 21 minuten
titel für hanswu
director of significant new economy employee name creating (oder dropping)

DOTTORESSA [vor 6 stunden und 55 minuten
cv (kind of)
got thrown into this world
grew up involuntarily
got stuffed with useless knowledge
fell in love
got me a life
current occupation: still gaining experience
always heading for new horizons

HANSWU [vor 6 stunden und 57 minuten
nice. Folgender Jobtitle für Deine FM4-Web-Visitenkarte:
Senior Super Leiwand Consultant

fm4.orf.at/lebenslauf

>> KENNENLERNGESCHICHTEN CHATTER-ROMANZEN IN DER FM4-ONLINE -COMMUNITY

AUS DEM HOST-BEREICH VON MARTIN BLUMENAU

Wien I 24.10 I 20:45

Im folgenden die Original-Anfrage von frl. tretlox, die ich vollinhaltlich unterstützen möchte.

MESSAGE VON TRETLOX:
bitte ich will dir was fragen.
die frage mag ein bisserl komisch sein, und dass ich sie dir stelle auch, aber ich hab nix gegen komisches. außer es tut weh. aber sonst nicht.
ich habe ja schon meine spääääärlichen chatterkontake ausgequetscht, ob sie wissen, wieviel menschleins es denn in dieser »community« gibt, die sich voll lip ham (mit nase lutschen und rücken streicheln und so was) und sich via fm4 (chat, notes...) kennengelernt ham. und vielleicht länger als 2 wochen zusammen waren (sind).
ich tät so gern viele schöne und tolle kennenlerngeschichten kennenlernen!!
bitte hersagen, wennst was weißt.
du hast ja doch einige chatstunden mehr als ich. und mit dir reden ja alle so gern.
mit mir nit.
danke und bibi
die tretlox alessandra hoppelwurst
hupf
... and then she walked out on me ...
(nein, wunschtraum, die dame ist tretlox' idol)
Hupf!

Nun hätte tretlox diese Aktion natürlich auch auf ihrer Visitenkarte machen können. Aber hier in diesem Forum ist natürlich mehr Platz. Auch für langatmige und poetische Geschichten... Wer will, der soll. Niemand ist verpflichtet richtige Namen zu nennen – the names can be changed to protect the innocent. Einzig der Wahrheit sollten alle verpflichtet sein.
Auf dass unsere Herzen hüpfen!

POSTINGS:

LEKSHEY [vor 58 minuten
kennenlerngeschichte:-))
Ich, also der Herr Lekshey, hat Sie, die Frau RoteMuse, Anfang November an einem Donnerstagabend/-nacht kennen gelernt. Und so is das damals in etwa alles abgelaufen. Lekshey war mal wida schlecht drauf. Und meistens wenn Er net gut drauf is, dann vertschüsst Er sich in einen Chatroom. Diesmal war FM4 an der Reihe. Es war zwar nicht einfach, aber irgendwie hat Er es dann doch geschafft zumindest bei einer Person Aufmerksamkeit zu erregen. Mit einem Satz wie »Ich werde die Frauen niemals verstehen.« Dazu muss man sagen, dass Er zu der Zeit wieder mal zur Abwechslung unglücklich verliebt war. Jedenfalls hat Sie ihn dann angesprochen, in dem FM4-Chat da. Und so haben sich beide knappe 3 Stunden lang über vieles unterhalten. So kamen sie drauf, dass sie beispielsweise beide bei dem Muse-Konzert vor einigen Wochen waren und Sie Ihn dort schon gesehen hat. Der Herr Lekshey hat dort nämlich Fotos für Sein Internet Magazin gemacht. Und damals hat Sie Ihn im Fotograben erspäht. Sie hat aber mehr die Tatsache interessant gefunden, dass Er beim Muse-Konzert mit einem SLUT-T-Shirt umherrennt.
Das ging Ihr nicht in den Kopf. Ausserdem hüpfte Er auch noch so komisch rum. Jedenfalls verabredeten sich beide noch für

OBEN ANGEKOMMEN AUF EINER BANK SITZEND, LAUSCHTEN SIE DEN KLÄNGEN VON RADIOHEAD UND TEILTEN SICH DIE KOPFHÖRER IHRES DISCMAN.

Freitagabend. Lekshey war ganz verwirrt, weil alles so wahnsinnig schnell ging. So trafen sich beide in einem Lokal in Graz. Denn Er wohnte damals in Graz. Sie kommt aus einem Vorort von Graz. An diesem Abend allerdings sprach Lekshey mehr mit der Freundin von Ihr, welche auch mitgekommen war. Sie verabredeten sich knapp vor dem Heimfahren für ein Konzert in Graz von einer österreichischen Band namens Zeronic. Nur durch das fast tägliche Chatten beschloss Lekshey Sie nach Wien zum Konzert dieser Band einzuladen. Denn irgendwie wollte Er Sie einfach so schnell wie möglich wieder sehen. Nur is Er halt auch eher schüchtern und dachte sich, hoffentlich fährt Sie mit. Was Sie auch tat, also machten sie sich zusammen mit Ihrer Freundin und Seinem Freund auf nach Wien um eine Odyssee der Spitzenklasse durchzumachen. Denn Lekshey kannte sich in Wien nicht aus und auch Sein Freund nicht. Insgesamt gesehen also eine Katastrophe. Doch irgendwann waren sie dann doch angekommen beim Club. Lekshey allerdings war mehr bei der Band als bei Ihr. Warum, wusste Er selber nicht. Nach dem Konzert fuhren sie alle wieder heim. Die Tage vergingen und wurden mit intensive chatting genutzt. Sie haben sich einfach viel zu sagen. So verabredeten sie sich wieder einmal. Diesmal ging es ins Kino. »Die Fabelhafte Welt der Amelie« stand am Programm. Für Lekshey, welcher den Film an diesem Abend zum dritten Mal ansah, nicht mehr wirklich was Neues. RoteMuse sah den Film zum ersten Mal. Und an diesem Abend hat sich Lekshey in RoteMuse richtig

verliebt. Er hat Sie beim Ansehen des Films ein bisschen beobachtet und irgendwann ist dann das schönste aller Gefühle gekommen. Es war um Ihn geschehen. Er wusste, dass Er Sie unbedingt wieder sehen will. Egal, was kommen mag. Und so verabredeten sie sich neuerlich. Wieder zu einem Konzert. Und wieder hatten sie eigentlich recht wenig Zeit. Denn wieder hat Er bei der Band sein müssen. Er hatte aber auch irgendwie Angst abgewiesen zu werden. Deshalb gab Er Ihr eher wenig Anzeichen. Doch an diesem Abend, als Sie nach dem Konzert gegangen war, war Er am Boden zerstört. Er hatte keine Freude mehr in sich oder Glücksgefühle. Die Sehnsucht, Sie wieder zu sehen, war einfach viel zu groß. Eines Abends dann im Chat schüttete Lekshey Sein Herz Ihr gegenüber aus. Er hat Probleme und wollte Ihr das mitteilen, damit Sie weiß, was los ist. Und Sie erklärte ihm, dass Sie ihn trotz allem wieder sehen möchte. Das war für Ihn das schönste, was Er seit langem gehört hat, und Er war überglücklich. Denn in den nächsten Wochen sollte sich vieles ändern. Er musste Graz verlassen und wieder in seinen Heimatort ziehen. Und es kam der Tag des Abschieds. Wieder hatten sie wenig Zeit. Er versäumte seine letzte Möglichkeit nach Hause zu fahren und auch Sie. Denn Er wollte nicht von Ihr lassen. So gingen sie spazieren bei Schneefall und Minustemperaturen auf den Schlossberg. Oben angekommen auf einer Bank sitzend lauschten sie den Klängen von Radiohead und teilten sich die Kopfhörer Ihres Discman. Über ihnen lag ein Schatten, ein ganz großer Schatten, denn beide wussten, dass sie sich lange Zeit nicht sehen würden.
Es kam die Verabschiedung und Er war tief traurig. Eine Woche später allerdings musste Er wieder nach Graz fahren. So konnten sie sich wieder sehen. Ursprünglich allerdings hätten sie gerade einmal ein zwei Stunden gehabt, doch Sie beschloss mit Ihm nach Hause zu fahren. Am 18. Dezember war es dann soweit. Seit diesem schicksalhaften Tag sind RoteMuse und Lekshey ein Pärchen. Lekshey allerdings hat wenig Zeit, da Er hauptberuflich in der Gastronomie arbeitet. Und RoteMuse macht dieses Jahr Matura. So ist jedes Treffen für Herrn Lekshey sehr intensiv und

jedesmal, wenn Er Sie wieder zurücklassen muss, ist es, als ob Er tausend Tode sterben müsste. Die Hindernisse sind groß und die Hoffnung sehr klein, aber die Liebe ist stärker. Das hat schon der Nestroy gemeint und das trifft auch vollkommen zu.

Für mei Puppimädi (still lookin at the picture of you and waiting to see you again and hold you in my arms :-)

Dein Lekshey

EGALABER [vor 2 stunden und 34 minuten
es war einmal ein forestglade 2000, bei dem keith caputo gastierte. kurz drauf las frau egalaber [damals noch drübenaufdemhügel] einen kommentar von einem herrn geest zu einem fm4-bericht, in dem stand, dass die 10-minütige-acoustic-gänsehaut-version von let's pretend voll super ist, und stimmte ihm zu. so entstand der kontakt zwischen den beiden. der war aber dann eher sporadisch, aber doch sehr nett, weshalb die beiden auch einige male versucht haben sich zu treffen, was bis zum 8.12. nie funktioniert hat. ja, da haben sie sich zum ersten mal gesehen. für kurze zeit, zum quatschen. ein paar tage danach kam die egalaber drauf, dass sie ihn doch ein bisschen mehr gern hat. kurz drauf gastierten naked lunch im röda, da wollten sie sich wieder treffen und es war nur mehr ein hinfiebern auf den tag, den anderen ENDLICH wieder sehen, und so halt. aaaber die egalaber wurde krank. und das war scheisse. weil sich die beiden nämlich schon sehr vermisst haben. nach einmal sehen! »der muss doch was besonders scheiles sein, der geest«, dachte sich frau neez. nicht nur weil er immer so scheile sachen sagt und schreibt, sondern weil sie ihn schon so vermisste und... hach, überhaupt ! nach langem hin und her kam neez nach wien, zu ~ihm~. für 2 tage. 2 tage nur elfen~liebhaben. seit dem haben sie sich ur super gern. mit rückenstreicheln und so. scheeeeeil.

SPORTFREUNDINSTILLER [vor 3 stunden und 27 minuten
eines schönen tages im sommer, da hat die kati (das bin ich) im chat nach den noten für playground love von air gesucht und ein

gewisser mensch namens sulpicius hat eben diese auch gewollt. dann hamma halt so fröhlich dahin gechattet und so und dann hat kati ihm mal einen brief geschrieben und er ihr einen brief und eine postkarte. Die kati hat ihm auch immer smsn mit einem lächeln geschickt, weil er das so lip fand. Dann fuhr kati nach england und von dort, da hat sie den max ganz ganz oft angerufen von der arbeit aus und vorm weggehen und so, weil sie ihn so lip fand :-). dann hat sie auch einmal einen ganzen arbeitstag lang dem max und seinen mitbewohnern beim wand bauen zugeschaut über die webcam. in der zeit hat sie den max voll lip gewonnen und viel über dem max erfahren, zum beispiel, dass er genau die gleiche musik hört wie kati und die gleichen sachen gerne macht wie kati. irgendwann dann kam kati aus england zurück und der max fuhr nach griechenland, wo er der kati auch eine karte her schrieb und die kati hat ihm eine cd zum burtztag geschickt und so ging das dann immer hin und her *smile* und die kati hat in der zeit den max so richtig lipgewonnen und ihn immer liper und liper gehabt und der max scheinbar auch und jetzt haben sich die beiden ganz arg lip und möchten sich nie nie wieder loslassen. in 10 tagen da fährt die kati nach wien und freutzt sich schon ganz ganz arg darauf von max am bahnhof abgeholt zu werden und dann ein schönes wochenende mit ihrem liphabmax zu verbringen und dann wird er die kati mal besuchen und so. bis dahin kann die kati schwer an was anderes denken als an max und nervt sämtliche mitmenschen damit und treibt die arme telefonrechnung in die höhe, indem sie immer wieder nicht widerstehen kann und den max anruft. der max, der schreibt ihr immer ganz liebe smsn und ganz oft kommt so eine richtig lipe postkarte von max bei der kati an und die freutzt sich dann zutode und kann es gar nicht erwarten, bis sie nach wien kommt.
das ist die liphabgeschichte von max und kati... bzw. der anfang und es ist die schönste liphabgeschichte der welt! jaha!

fm4.orf.at/kennenlerngeschichten

>> DAS GROSSE POP-LYRICS-QUIZ
EIN RATESPIEL MIT TEXTFETZEN AUS DEM MUSIKALISCHEN FM4-UNIVERSUM

AUS DEM HOST-BEREICH VON BORIS JORDAN

Wien | 07.02 | 15:43

Die FM4-Redaktion in Quiz-Agonie: Ein Rundmail, von Gerlinde Lang weitergeschickt, hat die Damen und Herren Claudia Czesch, Martin Blumenau, Martin Pieper und Boris Jordan dazu gebracht in ihrem Popgedächtnis zu wühlen und sich Hadern aus den Achtzigern vorzusingen. Grund: »The Eighties Lyrics Quiz«. Vorgabe: Es steht eine Songzeile da und man muss Song und Interpret erraten ....

Wir haben ein eigenes Quiz von 101 Songlines zusammengestellt, mit Songzeilen aus dem FM4-Universum, also Indie Rock, Hiphop und Dancefloor, hauptsächlich aus den Nineties, fast alle schon auf FM4 gehört. Bei manchen sind mehrere Nennungen möglich (und die Lösung Tina Turner wird dann eher falsch sein), manche Songnamen fallen einem sofort ein, bei manchen braucht es Recherche, auf jeden Fall geht es leichter und ist netter, wenn mehrere mitmachen und mitsingen.

Name the tune!

1. A Roma, a Parigi, a New York ...
2. A simple prop to occupy my time ...
3. All of the time and I'm never sure why I need you ...
4. Apollon 2000 zéro défaut 21 an ...
5. Are you Paris without snails? ...

6. Aus 50 Wörtern wählen, um das Gleiche zu erzählen ...
7. Be ready to get confused, there's definitely, definitely, definitely no logic ...

8. Be true to yourself and you will never fall ...

9. Beauty sat bathing by a spring ...

10. But we did nothing, absolutely nothing that day ...

11. Carve your name into my arm ...
12. Comme si je n'existais pas ...
13. 'Cause nobody loves me, it's true not like you do ...

14. Das Gefühl wird mir bleiben, nein das geht nicht fort ...

15. Dein Auge erblickt, was du tust, und erschrickt ...

16. Deine Freundin macht es wahnsinnig, wo meine Buchse hängt ...

17. Don't go against the grain if you can't handle it ...
18. Downtown is where I drew some blood ...

19. Drive boy dog boy dirty numb angel boy in the doorway bo

20. Es mag sein, dass alles zu laut ist ...

21. Everybody is trying to get down ...

22. Everyone needs some space to breathe ...
23. For what it's worth, it was worth all the while ...

24. Friends tell me I'm crazy that I'm wasting time with you ...

25. Hält beim Husten die Hand vor ...

Hangin' round downtown by myself ...

27. Heute wird es nicht auf meine Parade regnen ...

28. Hey boy, take a look at me let me dirty up your mind ...

Hold me darling, just a little while ...

30. Hold me now, I'm hoping that you can explain ...

31. I ain't gonna go blind for the light that is reflected ...

32. I don't care what they say about us anyway ...

33. I don't know why, but I had to start it somewhere ...

34. I feel alive if you don't have it you're on the other side ...

35. I feel like the Son of Sam don't make me wreck ya hectic ...

36. I feel safe in the darkness ...

37. I got a letter from the government the other day ...

38. I got this fucking thorn in my side, oh my, it's a mirage ...

39. I got two machines... they are my only friends ...

40. I know a place where I can go when I'm alone ...

1. I licked the silver spoon, drank from the golden cup and smoked the finest green ...

42. I thought that music mattered. But does it? Bollocks! ...

3. I want a perfect body, I want a perfect soul ...

44. I want to fuck you like an animal, my whole existence is flawed ...

45. I'll take your brain to another dimension ...

46. I'm high as a kite, I just might stop to check you out ...

47. Ich stell mir vor, ich wär ein Fuchs in einem Zeichentrick ...

48. If I hadn't seen such riches I could live with being poor

49. If I have a daughter, guess what I'ma call her? ...

50. If you think you can grind me down, wear me out, hang me up to dry ...

51. I'll do anything you say boy ...

52. I'm a million different people from one day to the next ...

53. In the time of chimpanzees I was a monkey butane
in my veins and a mouth to cut the junkie

54. It ain't no joke I'd like to buy the world a toke ...

55. It's the way that we rock when we're doing our thang ...

56. I've got ladies uptown and money on the floor.
There's not a thing in the world that I'm askin'

57. Jacques Dutronc and the Bolan Boogie, the Heavy Hitters and the Chichi mus

58. Jetzt ist Schluss mit lustig ...

59. Johnny's always running around, trying to find certainty ...

60. Joni Mitchell never lies ...

61. Just what is it that you want to do? ...

62. Like a hurt lost and blinded fool ...

63. Look at the stars, look how they shine for you ...

64. My Ouzo weighs a ton ...

65. My loneliness is killing me now ...

66. No walls, only the bridge, my supperdish, my succotash wish

67. Nobody like to be in my place instead of me ...

69. Oh shi,t it's the attack of the five foot ten ...

70. Our little group has always been and always will until the end ...

71. Peel out the watchword ...

72. Really hurt me baby, really cut me baby.

How can you have a day without a night ...

73. Remove this whirling sadness ...

74. Right about now ...

75. Sareh ga ma – pa ni da ...

76. Sell the kids for food ...

77. Sind oft nur die Scheinbewahrer ...

78. Sleep with one eye open gripping your pillow tight ...

79. Some of those that work forces are the same that burn crosses ...

80. Strangely enough I've been struck ...

81. Stuttering, cold and damp, steal the warm wind tired friend ...

82. Talking to my little pets smoking the same old cigarettes I would have laughed ...

83. That's my only name ...

84. The bong in this reggae song ...

85. The more you suffer the more it shows you really care ...

86. The type of memories that turn your bones to glass ...

87. There where the air is free ...

88. They don't want to upset the apple cart and they don't want to cause any harm

89. This old town's changed so much don't feel like I belong ...

90. Through the hard times and the good ...

91. To get back your stolen guns I should have been your son ...

92. Tune in, drop out of love ...

93. Under neon loneliness ...

94. We talk about it all night long, we define our moral ground ...

95. Well, he said he'd show you his bed and the delights of the chemical sr

96. Well, I got us on a highway an' I got us in a car

Die Lösungen finden sich im Anhang.

fm4.orf.at/poplyricsquiz

>> UNSEXY PROBLEMZONEN: WENN DER IMAGINÄRE GRUNDKONSENS DER FM4-COMMUNITY AUS DEM RUDER LÄUFT

Von Sonja Eismann

>> DA DACHTEN WIR SCHON, WIR WÄREN UNS EINIG. ABER DANN KOMMT SIE IMMER WIEDER ZUM VORSCHEIN: MEHR ODER WENIGER DUMPFE FRAUENFEINDLICHKEIT IN DEN ANONYMEN POSTINGS AUF DER FM4-WEBPAGE.

So eine Web-Community ist ja eigentlich eine klasse Sache. Da kommt Demokratie ins Haus, die klassische Printmedien-Hierarchie von aktiver Autorin hier und passivem Leser da wird aufgebrochen, die Aussagen des Textes sind nun nicht mehr unumstößlich, sondern verhandelbar, was so viel heißt wie: jede/r darf mal. Ah, endlich, denkt man sich. Die Sache, auf die wir so lange gewartet haben. Dynamisch-partizipativer Journalismus oder so. Websites, bei denen anonym unter jedem Text in einem eigenen Forum mitdiskutiert und kommentiert werden kann. FM4 hat es, wie viele andere mittlerweile auch. Falsche Fakten oder ideologisch verwerfliche Äußerungen, über die man sich früher in Printerzeugnissen immer geärgert hat, ohne jedoch die Energie für einen Leserbrief aufzubringen, können mit einem Mausklick begradigt werden. Jede/r darf seine Meinung posten, Diskussionen entspinnen sich, die Leute kommen zusammen und, um ein wenig pathetisch zu sprechen, eine virtuelle Gemeinschaft entsteht und wird sichtbar. Die Community eben.

Was aber kennzeichnet die FM4-Community, außer dass sie demselben Radiosender lauscht und dieselbe Webpage frequentiert? Natürlich ein gewisses Interesse für bestimmte Musikgenres und -gruppen, aber darüber hinaus auch für Filme, Bücher, Veranstaltungen etc., die vom Radiosender selbst und der Website gefeaturet werden und die von ihrer Haltung her zur gespielten Musik passen, die also, wie man Anfang der Neunziger noch einigermaßen unbefangen gesagt hätte, in irgendeiner Form alternativ sind und abseits des träge dahinblubbernden Mainstreams stehen. Und obwohl innerhalb dieses lockeren Interessenverbandes durchaus häufig und lustvoll kleine Grabenkämpfe über die Wertigkeiten der vielen Untergenres ausgefochten werden, geht man beim Betreten des FM4-Online-Forums doch ganz klar von einem gewissen verbindlichen Grundkonsens aus. Einem Grundkonsens, der sich Reflektiertheit, Offenheit und auch so etwas wie Toleranz auf die Fähnlein geschrieben hat. So weit, so gut.

Doch was tun, wenn dieser Konsens auf einmal flöten geht? Oder sich gar als imaginär entpuppt? Wenn unter dem Schutz der Anonymität kräftig unter die Gürtellinie gehauen wird und Statements fallen, die in ganz anderen Foren zu erwarten sind? Nach einem diffusen Gemisch aus Wut und Enttäuschung – niemand wird wirklich gerne von Unbekannten für seine Ansichten attakkiert – macht sich die große Ratlosigkeit breit. Wieso klaffen hier die Meinungen auf einmal auf so unappetitliche Weise auseinander? Bei welchen Themen wird besonders verletzend und intolerant gepostet?

»ich bin weiblich, aber dieses extreme feministengerede ist dämlich. gleichberechtigung ist sehr wichtig, und das haben wir auch fast erreicht, aber dieser artikel ist nur noch lächerlich. ich bin ja der meinung, dass sonja einen extremen minderwertigkeitskomplex hat, wenn sowas von ihr stammt. [...]
das ist der dümmste artikel seit langem.«

»unnötig der ganze artikel
wenn er bei einem schmuddelblatt erscheint, okay.
aber zu fm4 passt der ganze klatsch nicht.«
»kein verständnis und kein mitleid GEGENÜBER bunte-, gala- etc. lesern.«

Zwei unsexy Problemzonen fallen beim Durchforsten der FM4-Pages ins Auge: Während bei den meisten Themen den Webhosts und ihren Texten sehr wohlwollend, zustimmend, humorvoll und auch fachlich kompetent begegnet wird, scheinen besonders feministische Positionen und Analysen von Boulevardphänomenen die UserInnen gleich dutzendweise in Rage zu versetzen. Der pathetisch deklamierte Ekel vor »der ganzen Boulevardscheiße«, die die Seiten von FM4 quasi entweihen, ist als eine Abgrenzung vom »Underground« gegen den »Mainstream« ja noch zu verstehen. Die meisten derart postenden Community-Members übersehen in ihrer Empörung jedoch, dass diese Massenphänomene – wie z.B. Kommentare zur Rezeption von Massenmedienaufregern wie Boris Beckers Liebesleben et al. – ja nur mit popkulturellen Mitteln auf ihre gesellschaftlichen Funktion hin untersucht und nicht etwa affirmiert werden.

ALSO BITTE... HÖRTS DOCH AUF MIT DIESEM BLÖDEN FEMINISTENGACK! (POSTING AUF DER FM4-PAGE)

Vertrackter als beim Yellow-Press-Thema, dessen Verwerfung für manche zumindest den Zweck hat, eine spezifische FM4-Underground-Identität zu bestätigen, ist es bei Artikeln, die sich mit Feminismus und Sexismus befassen. Am Anfang sind mir noch beinahe die Augen aus dem Kopf gequollen, wenn Comments wie »also bitte... hörts doch auf mit diesem blöden feministengack« (absurderweise gekoppelt mit einem eindeutig linken »WIDERSTAND JETZT«) unter kritische Betrachtungen von medial konstruierten Geschlechterrollen hingerotzt wurden. Die Überraschung war einigermaßen groß: Wie? Eine Community, die sich wohl im weitesten Sinne als alternativ definieren und sicherlich keine rassistischen oder rechtsradikalen Äußerungen in ihrer Mitte dulden würde, läuft Sturm gegen Feminismus und Antisexismus? Oh la la, damit hatte ich nicht gerechnet. Nach einer stattlichen Zahl herber Beschimpfungen, die gerne auch ins Per-

sönliche abdriften (»Sonjamäuschen« lasse ich mir ja gerne von meinem Baby gefallen, aber von einem wildfremdem Forumwesen? Das ist mir doch etwas zu intim), reagiere ich mittlerweile, nun ja, nicht gerade schulterzuckend, aber doch eher gelassen. Denn ich glaube nicht, wie einige der solidarischen KollegInnen, dass es sich hierbei um Rachefeldzüge verunsicherter pubertierender Jünglinge handelte, die ihrer Wut auf selbstbewusste Frauen Luft machen, deren pure Existenz die Temperatur in ihrer Hormonhölle noch ein paar Grad steigen lässt. Es hat vielmehr deutlich den Anschein, dass das Feminismus-Bashing weder vom Alter noch vom Geschlecht abhängt.

Sicherlich trägt auch die Unmittelbarkeit eines Web-Postings zu den harten Reaktionen bei – den Artikel überfliegen, sich über bestimmte prägnante Stellen ärgern und einen impulsiven Kommentar drunterschreiben ist quasi eins – aber das kann schwer darüber wegtäuschen, dass Feminismus und der Ruf nach Gleichberechtigung immer noch nicht integraler Teil des »alternative mind set« sind; obwohl viele immer davon ausgegangen sind. Wenn ich auf der per Definition progressiven FM4-Homepage manchmal Postings lese, die in viel trüberen Gewässern zu erwarten wären, beginne ich zu verstehen, dass da noch einige Brocken aus dem Weg geräumt werden müssen, bis das dann endlich mal glatt geht mit der Gleichberechtigung. Ich habe noch den mitleidigen Ausspruch einer Mitarbeiterin im Ohr, die seufzte: »Hach ja, die weiblichen Webhosts habens wohl besonders schwer, mit diesen sexistischen und beleidigenden Rüpeleien manchmal ...«

Aber im Laufe der Zeit habe ich auch noch anderes festgestellt: Die Sache fängt an, sich selbst zu regulieren. Wenn wieder mal antifeministisch rumgepöbelt wird, kommt meistens irgendwo und irgendwann eine vernünftige Stimme her und zieht den Jung-Sexisten mit messerscharfen Argumenten eins über. Und auch,

wenn die Negativbeispiele oft die größere Ausdauer und damit das letzte Wort haben, fühlt sich das dann doch ziemlich gut an. Und man freut sich wieder über das FM4-Forum. Und denkt an die Gemeinsamkeiten. Community eben.
Ach ja, noch was: Tut mir echt leid, dass ihr zu diesem Artikel eure Meinung nicht posten könnt. Wirklich.

Als nächstes hören
Sie eine Dokumentation
über Pulverkaffee im
Nebel in China –
im Original mit Untertiteln

EINEM KURZEN GESPRÄCH, WÄHREND DIE VIERBEINER SICH AN DEN GENITALIEN BESCHNUPPERN, STEHT NICHTS ENTGEGEN.

>> CHEZ HERMES
HURRA, HEUT ABEND GEH ICH INS FLEX! EIN SITTEN-RATGEBER FÜRS RICHTIGE ABENDLICHE AUSGEHEN

Von Hermes

>> »DIE NORMEN DES VERHALTENS IN UNSERER GESELLSCHAFT, DIE FORMEN DES UMGANGS MITEINANDER SIND ETWAS, DAS SICH IM LAUFE DER ZEIT HERAUSGEBILDET HAT, SICH STÄNDIG WEITERENTWICKELT UND NICHT STARR BLEIBT UND NICHT ZULETZT EIN SCHLÜSSEL ZUM MENSCHLICHEN ERFOLG IST.«
DIETHER SCHÄFER-ELMAYER

Das find ich auch und möchte Ihnen darob ein paar nützliche Tipps für den Alltag am Beispiel »Fortgehen am Abend« auf Ihren jungen Lebensweg mitgeben. Sie sollen allen jenen, denen ein harmonisches Zusammenleben der Typinnen und Typen Herzenssache ist, Begleiter und Ratgeber sein.

Bevor Sie sich Ihrer modernen Abendgestaltung hingeben, werden Sie sicherlich Ihr Haustier liebevoll versorgen. Neben Napfbefüllung, schwitzigen Streicheleinheiten und mit dem klugen Tier in doofer Babysprache zu reden, bedarf es gerade beim besten Freund des Menschen, dem Hund, auch des Gassi Gehens. Liebe junge Menschen, unterschätzen Sie nicht die anstandsbezogenen Gefahren, die Fettnäpfchen der Höflichkeit, die auf Sie auf der Brunzrunde lauern! Nicht Ellbogentechnik und Rücksichtslosigkeit helfen Ihnen beim Äußerln vorwärts, sondern das Einfügen in die Regeln der Gemeinschaft, Freundlichkeit und Hilfsbereitschaft auch dem Tier gegenüber. So sollten Sie Ihren

Lumpi beim Gagsi machen nicht anstarren, mit dem Finger auf ihn zeigen oder gar andere Passanten hinzuholen und ihn gemeinsam auslachen. Auch das Tier empfindet Scham. Wenn der Vierbeiner seinen Krapfen (un)absichtlich auf das Trottoir hingelegt hat, so beseitigt der anständige Hundebesitzer denselbigen. Dies tut er am besten mit dem stets mitgeführten Feibra-Sacker oder einem dafür vorgesehenen Hundehygiene-Set. Ist nichts dergleichen bei der Hand, so kicken Sie gekonnt die Bemmerl mit der Schuhspitze auf die Fahrbahn. Achten Sie dabei jedoch auf gerade passierende Radfahrer. (Ein Treffer am Rad bringt 10, ein Treffer am Radfahrer bringt 100 Punkte.) Sollte Ihr Liebling Dünnschiss haben, so benutzen Sie Ihre Handflächen als kleine Schaufeln und heben oder schleudern Sie den Saft auf die Fahrbahn. Wieder Acht geben auf Radfahrer! (Ein Dünnschiss-Treffer bringt 1000 Punkte.)
Begegnen Ihnen andere Hundebesitzer auf der Runde um den Block, so grüßen Sie diese freundlich. Einem kurzen Gespräch, während die Vierbeiner sich an den Genitalien beschnuppern, steht nichts entgegen. Der Herr kann es dem Hund durchaus gleichtun und mit dem Schwanz wedeln. Die Dame versucht Ihre Läufigkeit zu verbergen.

Im Vorfeld des Flex werden sie zumeist von freundlichen Herren mit verlockenden Angeboten empfangen. Auf die charmanten Begrüßungsworte »Ey, Gras, brauchst Du?« entgegnen Sie, nachdem Sie sich vorgestellt haben, am besten herzlich aber bestimmt: »Haben Sie vielen herzlichen Dank, doch ich muss trotz Ihres attraktiven Angebots leider abschlägig antworten. Verbringen Sie noch einen schönen Abend. Ich wünsche Ihnen das Beste. Auf Wiedersehen.«
Kommen Sie in Begleitung, so hält der Herr der Dame beim Betreten des Flex die Eingangstür auf und lässt sie eintreten. Die Dame wartet an der Tür, der Herr übernimmt die Führung durch das Flex. Beim Suchen eines freien Platzes hilft meist das diskrete Flex-Personal. Sitzen bereits andere Leute am Boden, so fragt der Herr mit einer kleinen Verbeugung, ob es gestattet ist Platz zu

nehmen. Diese Frage wird auch dann gestellt, wenn der Oberkellner bereits den Platz angewiesen hat. Die Frage »Ist es gestattet?« wird von den am Boden Sitzenden/Liegenden halbwegs deutlich bejaht, eine Ablehnung wäre eine Beleidigung und würde einen Faustkampf evozieren. Ein Gespräch mit den bekifften Sitznachbarn muss nicht angeknüpft werden.
Der Herr hilft der Dame beim Ablegen der kostbaren Überkleider und überlässt dies nicht dem Kellner oder anderen notgeilen Typen. Die Dame behält den Hut auf. Korrekturen an Kleidung, Frisur und Make-up werden nicht im Aufenthaltsraum durchgeführt. Am Häusl gibt's eh Spiegeln.

Apropos, Orangenhaut- und Spatzivergleiche auf der Toilette sind zu unterlassen. Bemühen Sie sich nicht möglichst geräuschlos zu sein. Dieser Ort ist auf das menschliche Bedürfnis ausgerichtet und dieses kann eben manchmal auch richtig laut vonstatten gehen. Furze und Gasgeräusche anderer sollten also nicht mit zynischem Gegrinse bedacht werden, sondern mit bewunderndem Kopfnicken und einem kollektiven »Hip hip hurra!«. Beim Verlassen der Toilette verabschieden sich die Herren nach ausgiebigem Händewaschen mit herzlichem Schulterklopfen bei den Pissenden. Klopfen Sie aber nicht zu stark, sonst knallen die Köpfe an die Wand. Die Damen klopfen lediglich an die Türen und rufen freundlich: »Viel Erfolg, auf Wiedersehen.«

Auf der Tanzfläche halten Sie tunlichst einen kleinen Respektabstand zu den anderen Tanzbegeisterten. Standard und Latein ist nicht zwingend nötig. Bedienen Sie sich ruhig des modernen Disko-Tanzschrittes. Ausdruckstanz gehört in die ORF-Kunststücke und ist im gesellschaftlichen Rahmen fehl am Platz (gell, Einbeiniger). Ihre Reaktion auf das Antanzen attraktiver potentieller Sexualpartnerinnen sollte von Bewunderung ob des lässigen Gehabes des Gegenübers und ehrlich gemeinter Wertschätzung zeugen. Schelmisches Lippenschlecken, freundliches Ausgreifen oder gar herzliches Schwanzwedeln, das ausschließlich beim Gassi Gehen angebracht ist, sollten Sie im Sinne des erwünschten Nachtverlaufs unterlassen. Sprechen Sie Ihre Zielperson an, so tun Sie dies zum Beispiel mit den Worten »Gestatten, mein Name ist XY. Glauben Sie an Liebe auf den ersten Blick oder soll ich in zwo Minuten nochmal vorbeitanzen?« Haben sich zarte Bande der Wohlgesonnenheit um Sie und Ihre Zielperson gewunden, so begeben Sie sich in ruhigere Gefilde des Etablissements und versuchen Sie, Ihre Flamme im Rahmen belangreicher Konversation mittels Ihres breitgefächerten Wissens, Ihrer Seriosität, Ihrer sexuellen Attraktivität und Alkohols an sich zu binden. Hats dann endlich eingeschlagen und ein erstes Bussi

wurde ausgetauscht, so verlassen Sie alsbald das Flex. Der Austausch intimer Zärtlichkeiten und Körperflüssigkeiten sowie intensives Erforschen des anderen wie auch des eigenen Körpers ist anderen Örtlichkeiten vorbehalten (Aufzug, Straßenbahn, Park, Puff, Klo) und sollte nicht im Beatkeller passieren. Nach Verabschiedung aller Anwesenden und Verlassen des Etablissements steuern Sie selbstbewusst ein rasches und sicheres Verkehrsmittel an. Auf der Straße geht der Herr im allgemeinen links von der Dame, da er rechts ja seinen Degen führt. Zeitgerecht wechselt er aber auf die jeweilige Gefahrenseite (mögliche Gefahren: Autos, Konkurrenten, kackende Hunde).

Zuletzt noch einige nützlich Hinweise für die romantischen Stunden zu zweit:
Je nach Geilheits- und Betrunkenheitsgrad entscheiden Sie gemeinsam über die Dringlichkeit der Begattung. Einem ausgiebigen Vorspiel steht nichts im Wege, außer Sie befinden sich an einem speziellen, zur Eile gebietenden oben angeführten Orte (z.B. Aufzug, Klo). Das Entledigen der Kleidungsstücke kann selbst, gemeinsam oder durch die Partnerin/den Partner vorge-

nommen werden, ist aber nicht unbedingt erforderlich. Kommt es jedoch dazu, sollte der Herr tunlichst seine Socken ablegen, außer deren Anbehalten wird aus Fetischgründen explizit verlangt. Das Anbehalten von Beinkleidung aus Nylon der Dame sollte vom Herrn nicht unbedingt als Rechtfertigung für das Besocktlassen der eigenen Schweißler angeführt werden. Hat der Herr im Flex sich selbst erobert, so kann er nach Belieben mit seiner Fußbekleidung umgehen respektive sich ihrer bedienen. Ein gemeinsamer Höhepunkt (gilt nicht für den sich selbst erobert habenden Herrn) ist im Rahmen der Höflichkeit und nicht nur deswegen angebracht. Ist dies auf Grund von Promillisierung oder technischen Unvermögens nicht möglich, so ist der Dame der Vortritt zu gewähren. Bedenken Sie auch immer, dass Ihre Gesundheit eine schützenswerte ist und benutzen Sie für diesen Zweck vorgesehene Hilfsmittel, nicht jedoch die abgelegten Socken. Nach Ihren wie auch immer gearteten Verrenkungen einigen Sie sich kurz über den weiteren Zeitablauf und verlassen entweder die Stätte der Unzucht oder bleiben noch bis zum Frühstück.

Ergebenst,
Hermes

Pop, Politik und

connected: Paranoia

Die coolen Hunde, die Popliteraten, die Studenten in den Coffeeshops, die VJs und die virtuellen Ritter: Sie stolpern ziellos durch eine von mutmasslichen Weltverschwörern beherrschte New Economy. Dieses Kapitel hier stellt – wie »Die Sterne« singen würden – eine Verbindung her. Oder versucht es zumindest.

: connected

>> # COOL – THE GREAT DISTINKTIONSSCHWINDEL
ZEHN ANMERKUNGEN ZUM SCHLÜSSELBEGRIFF DES JUGEND-MARKETINGS

Von Thomas Edlinger und Robert Rotifer

>> FM4, SAGEN DIE LEUTE, SEI DER COOLSTE SENDER VON ÜBERHAUPT – ABER WAS SOLL DAS EIGENTLICH HEISSEN, »COOL«? WIR SIND UNCOOL GENUG UNS SOLCHE DINGE ZU FRAGEN. ALSO: WAS VEREINT F16-PILOTEN MIT KAFKA, JAMAIKANISCHE RUDE BOYS MIT EINEM BÄRTIGEN ALMHIRTEN UND ANASTACIA MIT LONDONER PROKURISTEN? ZEHN ANMERKUNGEN ZUM OPPORTUNISTISCHSTEN WORT DER WELT.

(1)

Wäre Coolness ein Gegenstand, dann wäre er – zumindest im 20. Jahrhundert – wohl eine Sonnenbrille gewesen. Sie schützt vor der Zudringlichkeit der Blicke anderer, die sich immer nur in der Leere des Glases spiegeln: sehen, ohne gesehen zu werden – der panoptische Traum. Wie kein anderes Objekt bündelt die Sonnenbrille alles, was Coolness als ästhetisierte Lebenstechnik im Kampf gegen die Zumutungen des modernen Lebens verspricht: Mystifizierung durch Abschottung, Souveränitätsgewinn durch Distanznahme, Selbsterhöhung durch Verhöhnung des Gewöhnlichen rundherum. Kein Wunder, dass sich die schwarze Sonnenbrille wie ein roter Faden durch alle Erscheinungsformen privater und politischer Dissidenz zieht: vom schwarzen Cool Jazz der fünfziger Jahre bis in den weißen Existenzialistenkeller, von der Nouvelle Vague bis Lou Reed, von Andreas Baader bis Alan Vega, von Ice-T bis zu den Strokes.

Wenn wir heute MTVIVA aufdrehen, sehen wir nicht nur ab und an die Strokes, sondern viel häufiger strahlende Bauchnabel mit gepiercten Zähnen (oder umgekehrt) herumteufeln. Zum Beispiel den Bauchnabel von Anastacia. Anastacia trägt meines Wissens immer, wenn Kameras oder Fotoapparate in der Nähe sind, eine Sonnenbrille. Aber diese Sonnenbrille ist nicht schwarz und dunkel, sondern orange oder gelb. Hell und, äh, »schräg« wie Taxi-Orange-Brillen. Solche Brillen künden nicht mehr von einem vage angedeuteten Geheimnis, sondern verheißen Durchsichtigkeit. Sie schützen keinen intimen Kern mehr, sondern stellen alles aus. »What you see is what you get!« Bauchnabel, Klappmesser, OP-Messer, Zahnarzt, Perlweiss.
(te)

(2)
Eine verwirrende Frage: Wann hörte die Coolness auf widerständisch zu sein? Als sie nicht mehr bloß Jugendkultur war? Oder als die Jugendkultur aufhörte widerständisch zu sein? Mehr noch als die Jugendkultur ist der Begriff »Coolness« Opfer seines eigenen Erfolgs, assimiliert bis zur Selbstauflösung. Ein Verdienst hauptsächlich der Neunziger, deren scheinbar spielerische Retro-Manie im Nachhinein ihre sinistre Mission enthüllt: die Dekodierung der Coolness, den Verrat ihrer hart erworbenen Geheimnisse, die weitgehend unbemerkt den Mainstream infiltriert hatten. Kaum vorstellbar, aber einst hat es Sinn gemacht, wenn die Rude Boys aus Jamaika ihre subversiv kriminelle Identität ausgerechnet über die Umdeutung und Aneignung der Coolness von fast ausschließlich weißen Heldenfiguren wie James Bond und dem Rat Pack (Sinatra, Martin, Lawford, Bishop und Davis) definierten. »0-0-7, at Ocean's 11«, sang Desmond Dekker 1967 über die plündernden und raubenden Gangsterhelden, die gerade

DIE »MERCHANTS OF COOL« HABEN SO GESEHEN IHRE VORLÄUFER IN DEN GEGEN- UND SUBKULTUREN, DIE UNS SEIT DEN SECHZIGER JAHREN LIEB UND TEUER WAREN.

aus dem Gefängnis kommen um sogleich in der Shanty Town Zaster für die Kaution zu klauen. »Dem a loot / Dem a shoot / Dem a wail / A Shanty Town.« Die von Dekker in der ersten Zeile zitierten Ikonen maskuliner Coolness wurden in den vergangenen sieben bis acht Jahren ihrer unterschwelligen Konnotationen systematisch beraubt und auf das Niveau purer Style-Formalitäten reduziert. Im Nachhinein ließe sich gar behaupten: Museale Subkulturen wie die europäischen Mods der achtziger Jahre waren die wahre Avantgarde des (in Gestalt originalgetreu nachgebauter Charles Eames-Sessel) triumphierenden Mainstreams der Gegenwart. Sie kopierten obsessiv jugendkulturell relevante, britische Erscheinungsformen des Style und der Coolness, lasen aber deren Codes nicht, sondern reproduzierten ihre Äußerlichkeiten wertfrei und kontextfremd, bis sie so viel Sinn machten wie die elterliche Markensammlung.
(rr)

(3)
»Ein Jahr müsste ich suchen, ehe ich ein wahres Gefühl in mir fände.« Ein schöner Satz, ein ungeheurer, ein ungeheuer schöner Satz. Er stammt von keinem der großen Pop-Poseure wie Bryan Ferry oder David Bowie. Nein, dieses radikale Einbekenntnis des Nicht-Authentischen, der Absenz dessen, was der Humanismus

als Essenz des Menschlichen schlechthin reklamiert, stammt von Franz Kafka. Ausgerechnet Kafka! Der Mann, den Legionen von LiteraturwissenschaftlerInnen zur exemplarischen Leidensfigur stilisiert haben, der an der Kälte der instrumentellen Vernunft und an der transzendentalen Obdachlosigkeit einer entzauberten Welt prototypisch zu verzweifeln hat, ausgerechnet dieser Mann also gesteht in seinem Tagebuch freimütig seine innere Desorganisiertheit ein.

Die diagnostizierte Gefühlskälte ist allerdings nicht mit einem Mangel an Empfindungsvermögen gleichzusetzen, ganz im Gegenteil. Es zeugt eher von der Klarsicht auf die moderne Versachlichung und Diskursivierung der Emotionen einerseits und dem psychoanalytisch unterfütterten Wissen über die Unkontrollierbarkeit des eigenen, unbewussten Wollens andererseits. Von der Einsicht also, die allen eigen ist, die sich mit Coolness panzern: »Echtes Gefühl« ist nur mehr um den Preis einer selbstverordneten Naivität zu haben.

(te)

(4)

Neil Tennant von den Pet Shop Boys ist heute ein gut gepolsterter, gepflegter Herr mit schütterem Haar, im Profil hat er gar was von dieser gewissen spiegelglatten Fülle, die älter werdende Männer wieder den Babies annähert. In den achtziger Jahren trug er dagegen lockiges Haar und Hemden mit viel zu weitem Kragen, die seinen dünnen Hals betonten. Damals wie heute sprach und spricht er im selben gestelzten Tonfall, nur haben sich seither die Zusammenhänge verändert. Tennant beklagt den Zustand der heutigen Popmusik. Eine Idee zu haben, sei früher die erste Voraussetzung zum Songschreiben gewesen, heute dagegen empfänden Bands die Möglichkeit eine Idee zu entwickeln als »etwas ganz Fremdartiges. In den Achtzigern waren die Leute stolz darauf prätentiös zu sein. Heute wollen sie nur cool sein und mit dem Hintergrund verschmelzen. Ich empfinde Coolness als lähmend.«

Möglich, dass Tennant dabei im Großen und Ganzen wiedergibt, was alternde Rockstars in den Achtzigern über die Pet Shop Boys und den Rest der damals zeitgenössischen Popmusik zu sagen pflegten. Möglich auch, dass er trotzdem recht hat.
(rr)

(5)
»Ich möchte eine Maschine sein.« Andy Warhol hatte, wie man weiß, panische Angst vor Bazillen und infektiösen Krankheiten. Wenn aber die Temperatur unter Null fällt, dann stirbt alles ab, nur das Phantasma der Unverletzlichkeit und Unantastbarkeit überlebt. In der »Grauzone« der Achtziger-Jahre-Hitparade wollte das Ich folgerichtig »ein Eisbär sein, und alles wäre so klar.« Der Tanzboden schwitzte dazu. Auf »Clicks & Cuts«, einem Mille-Plateau-Sampler von 2000, paraphrasiert der deutsche Minimal Techno-Künstler Thomas Brinkmann Andy Warhols berühmt-hinterfotziges Credo für die Ausschaltung des Autoren-Subjekts zugunsten eines Reiz-Reaktions-Automatismus:

» *Ich möchte eine Maschine sein.*
Arme zu greifen, Beine zu gehen.
Kein Schmerz, kein Gedanke. «

(Thomas Brinkmann)

Thomas Brinkmann gilt übrigens auch als prominenter Vertreter des Autoren-Techno und in Interviews spricht er nicht nur beredt über höhere Mathematik und Konzeptkunst, sondern auch darüber, wie die Maschinen programmiert werden müssen, damit sie eine gute Party anzünden. Ist ja letztlich auch nicht unwichtig, dass es heiß hergeht. Und nicht unterkühlt.
(te)

(6)

Betrachten wir es einmal von der emotionalen Seite: Coolness im alltäglichen Sinn hat mit dem Versuch zu tun, durch unverbindliche ästhetische Abgrenzung mit der Entfremdung von der ganzen anderen Scheiße fertig zu werden – was natürlich große Gefahren in sich birgt. Wer durch Coolness seine Koexistenz mit der Welt ermöglicht, akzeptiert damit auch deren Normalität. Schließlich besteht Coolness ja aus der unerschütterlich zur Schau gestellten Gleichgültigkeit gegenüber dem Unfassbaren und nicht umsonst waren Miles Davis und seine Freunde Junkies, als sie den Sound der Coolness gebaren. Um das dazu nötige Gefühl der eigenen Verantwortungslosigkeit zu erlangen, bedurfte es also schon in den 50er Jahren der Narkose. Im damaligen Amerika wurden aufbegehrende Teenager nicht selten per Gehirnoperation ruhig gestellt („lobotomy"). Wieso also nicht gleich die Flucht in die freiwillige Selbstbetäubung suchen? Inzwischen aber gehört die abgeknickte Hüfte, gepaart mit dem distanzierten Heroinblick durch dunkle Linsen längst zum reformierten Standardrepertoire patriotischer Heldenposen. Von den bösen Wraparound-Shades des sich träge wiegenden Hundertmeterläufers am Start bis zum müden Winken des F16-Piloten knapp vor der Mission ist die Coolness fixer Bestandteil des »Just Do It«-Gestus. Affirmativer gehts nicht, Coolness als Verweigerungsstrategie ist daher politisch längst völlig unbrauchbar.

»COOL«HÄNGT SICH SELBSTREDEND IMMER DORT AN, WO WAS »COOL« IST, UND IST LÄNGST ÜBER ALLE BERGE, WENN DER ZUG WIEDER ABFÄHRT.

Um hier und heute, im Zeitalter der Sweatshops, der nie endenden Bombardements oder der zum Himmel schreienden Sauerei des Missbrauchs der ärmeren zwei Drittel der Weltbevölkerung als Versuchskaninchen des neoliberalen Zerstörungswahns auch nur annähernd sowas wie Abgeklärtheit zu demonstrieren, muss man entweder ziemlich beschränkt oder ein zynisches Arschloch sein, und zwar im uncoolen Sinn des Worts.

(rr)

(7)

Das Cover eisblau, der Titel schlicht: Cool. Der deutsche Journalist und Autor Ulf Poschardt (»DJ-Culture«, »Anpassen«) hat 2000 mit »Cool« eine imposante Kulturgeschichte einer modernen Lebenstechnik vorgelegt, deren Fächer sich von ritualisierten Kälte-Posen in Literatur und Philosophie über die »coolen« Style-Codes der Afroamerikaner als symbolischer Widerstand gegen Unterdrückung (vom klassischen Hipster bis zu Hip Hop) und die kollektiv gespeicherten Film-Stills (Bogart, Bacall, Belmondo, De Niro, Christopher Walken usw.) bis hin zu Coolness-Adaptionen in der Kunst (Gilbert & George, Matthew Barney, Nan Goldin, Larry Clark) und – natürlich – im Pop spannt. Poschardts Befund endet schließlich mit einer Reflexion über mögliche Potentiale von Coolness in einem 21. Jahrhundert, das von Cybersex, Gen- und Biotechnik geprägt ist. Das Kalte als Komplize des Fortschritts, der das Klonen als endgültige Objektivierung der immer krisenhafter erlebten Gefühls- und Sexualitätsverstrickungen vorschlägt. Hier findet sich die Lehre von der seelischen Unerschütterlichkeit plötzlich technisch implementiert Seite an Seite mit dem utopischen Entwurf eines neuen Menschen, eines Michel Houellebecq am Ende von »Elementarteilchen«, wieder. Das ist der Fluchtpunkt der Coolness: Dort, wo niemand mehr frieren muß, weil was frieren kann, schon eingefroren ist:
»Kein Schmerz, kein Gedanke.«
(te)

(8)

Die allerschönsten Thesen straucheln am immergleichen Eingeständnis: alles eine Frage des Kontexts. Ist auch bei der Coolness so. Befänden wir uns etwa an einem Freitagnachmittag in einem Großraumbüro der Londoner City, dann sähe die Sache so aus: Die gesamte jung dynamische Belegschaft, allesamt blitzschlau und arbeitssüchtig, liefe in schlabbrigen Hosen, Second-Hand-T-Shirts und neuen Nikes herum. Denn heute wäre »Dress Down Friday«, der vom Management verordnete, wöchentliche Tag der Unsteifheit, verspätetes Resultat der sogenannten »Casual

Revolution«, die Ende der Achtziger von der Working Class instigiert wurde (vermutlich deren letzte erfolgreiche Revolution). Die aus den Verhaltenscodes der Jugend ärmerer Klassen stammende Sprache der Coolness sprechen und verkörpern zu können, gehört mittlerweile selbst für Leute, deren Beruf man früher als »Prokurist« oder »Buchhalter« bezeichnet hätte, zur Job-Qualifikation. Aus den bislang verwaisten Rückseiten so mancher Bürotürme schälen sich die grellen Portale cooler, neuer Bars. Die Musik, die da gehört wird, unterscheidet sich nicht grundlegend von der, die weiter östlich in Hoxton, dem derzeit angeblich »coolen« Stadtteil Londons, die sogenannte Bohéme konsumiert. Nach Büroschluss dort eingekehrt, den Kopf auf die Unterarme gestützt, welche auf der orange-farbenen, an den Ecken mit wissend postironischer Gewitztheit im Stile der Siebziger abgerundeten Tischplatte ruhen, die Nase vor einer Flasche schalen Biers mit coolem Branding und den souverän satten Beat im Ohr, würden wir all die Coolness rundum bald zum Teufel wünschen und auf ihr überfälliges Ableben trinken, ohne auch nur einen Gedanken dran zu verschwenden, was nachkommt. Fänden wir uns daraufhin – von Aladin oder Ähnlichem erhört – augenblicklich in selbiger Pose in der neorustikalen Gaststube eines österreichischen Ski-Hotels wieder und hörten wir dazu die brachial dahinbolzenden Rhythmen der allzu schnell verdrängten, unaussprechlichen musikalischen Parallelrealität, wie schnell würden wir sie uns wieder zurückwünschen, die Coolness, und seien ihre schläfrigen Beats und ihr retrofuturistisches Innendekor noch so erbärmlich ... Allerdings erst, nachdem wir das in der neorustikalen Gaststube zugegebenermaßen wesentlich bessere Bier ausgetrunken hätten.
(rr)

(9)
Heroin-Chic, Schlabberlook, Krankenkassenbrille. Kate Moss, Big Lebowsky, Jarvis Cocker. Schon eigenartig, wie sich die feinen Unterschiede nicht nur Nachschub von oben, sondern auch von unten holen können. Zur Abgrenzung und zum eigenem Distink-

tionsgewinn (um im Jargon des französischen Soziologen Pierre Bourdieu zu bleiben) dient die Imitation aristokratischer Etikette im Bürgertum genauso wie die – meinetwegen tausendfach gebrochene – Imitation der Verweigerungsposen und -rituale der Deklassierten. So konnten sich aus realer Unterdrückung und gesellschaftlicher Marginalisierung gespeiste, letztlich aber auf die Wiedererlangung von Würde und Respekt abzielende Verhaltensformen afroamerikanischer Minderheiten als Hipster-Ehrenkodex in die weißen Mittelschichten fortpflanzen und dort zu vorwiegend miteinander konkurrierenden Jugend- und Subkultur-Styles mutieren. Aber das »white negro«-Phänomen, also das beständige, mehr oder weniger produktive Missverständnis der weißen »Außenseiter« bezüglich der realen Hintergründe und Komplexitäten »schwarzer« popkultureller Artikulation, war und ist ja eine Konstante von Pop überhaupt – von Elvis bis Eminem. So gesehen haben die »Merchants of Cool« – die jugendlichen Marketing-Scouts auf der Suche nach dem neuen Ding mit street credibilty – ihre Vorläufer in den Gegen- und Subkulturen, die uns seit den sechziger Jahren lieb und teuer waren. Und wenn wir schon bei der heiligen Trias der Cultural Studies »class, race, gender« gelandet sind: Welches Geschlecht hat eigentlich die Coolness? Sind als cool immer nur die Frauen adressiert, deren suggerierte (sexuelle) Hitze hinter der kalten Fassade verborgen ist? Frauen müssen – im Unterschied zu Männern – nicht ihre Verletzlichkeit, sondern gerade ihre Fähigkeit zur Verletzung der männlichen Ordnung verhüllen. Ja? Ist die Femme Fatale also die coole Frau schlechthin? Und wäre diese Figur dann eher einer Männerphantasie entsprungen oder einem Akt der weiblichen Selbstermächtigung? Oder beides – wie vielleicht Madonna?
(te)

(10)

Das Wörtchen »cool« hat einen langen Weg zurückgelegt. All seine ehemaligen Gefährten verschiedener Sprachen wie etwa »klass«, »fesch«, »super«, »top«, »nice one« oder »wicked« hat »cool« im Laufe der Jahrzehnte mühelos hinter sich gelassen.

Schon das bloße Lesen oder Aufschreiben jener Wörter, die wir am liebsten schon vergessen hätten, treibt augenblicklich die Schamröte in die Wangen. Doch während diese erwählten Modevokabeln mit jedem Generationenwechsel ihre schnellen, wohlverdienten Tode sterben, bleibt »cool« stets verschont, denn »cool« ist wohl das opportunistischste Wort der Welt. »Cool« hängt sich selbstredend immer dort an, wo etwas »cool« ist, und ist längst über alle Berge, wenn der Zug wieder abfährt. Selbst die heimtückischsten Versuche der verbalen Kolonisation hat »cool« bisher unbeschadet überstanden. Wenn etwa ein puritanischer Prediger wie Tony Blair von der »Cool Britannia« spricht oder in einer Schokoriegel-Werbung ausgerechnet einem weißbärtigen Almhirten eine Sonnenbrille auf die Nase gesetzt und das Wort »cool« in den Mund gelegt wird, dann müsste jenes Wort nach der gängigen Verfallslogik aus der tatsächlichen zeitgenössischen Trend- oder Jugendsprache doch eigentlich längst verschwunden sein. Irgendwann wird genau das geschehen, ewig kann auch »cool« dem Sensenmann des Sprachgebrauchs nicht entrinnen. Und wenn dann der Tag gekommen ist, wird »cool« für immer in den Abgründen der Unaussprechlichkeit schmachten. Vielleicht tut es das ja auch schon, und wir zwei wissens bloß noch nicht. Das würde die obigen zehn Texte dann aber ziemlich uncool aussehen lassen.
(rr)

>> DER LACK IST AB: WAS BLEIBT VON DEN SCHÖNEN NEUEN OBERFLÄCHEN DER POPLITERATUR?

Von Sonja Eismann

>> AUF DEM ÜBERSÄTTIGTEN, DEUTSCHSPRACHIGEN LITERATURMARKT WIRD MITTLERWEILE FAST JEDES FÜR EINE JUGENDLICHE ZIELGRUPPE BESTIMMTE BUCH MIT DEM KNALLIGEN ETIKETT »POP« ANGEPRIESEN. ABER IST DIE ALLTAGSNAHE, ZUGÄNGLICHE POPLITERATUR MEHR ALS NUR DIE ZYNISCHE BESCHREIBUNG DES STATUS QUO?

Ich hatte mir das so gut vorgestellt. »Popliteratur, das neue Ding, wird ganz groß,« zischelte man sich vor ein paar Jahren noch zu und ich bin sofort in den Buchladen gerannt, habe frenetisch gesucht und mir gedacht: »Jau, endlich gibts die ultimative Verbindung von Pop und Belletristik, darauf habe ich gewartet, das wird super.« Die aufsteigenden Literatursternchen hatten klingende Namen wie Benjamin von Stuckrad-Barre und Alexa Hennig von Lange oder auch grundsolide wie Elke Naters und Christian Kracht. Einige Jahre später, mürbe gemacht durch die mediale Dauerpräsenz des Kassenschlagers Popliteratur und das Warten auf Versprechungen, die doch nie eingelöst werden, macht sich nicht nur bei mir missmutige Katerstimmung breit. Denn statt zu fragen »Was ist Popliteratur jetzt?«, muss man sich angesichts der flächendeckenden Vermarktung des Begriffs und der Veröffentlichungsflut wohl viel eher fragen: »Was ist heutzutage *nicht* Popliteratur?« Heute wird bereits jedes neue deutschsprachige literarische Werk, das in einigermaßen alltagskompatibler Sprache annähernd Jugendkulturelles verhandelt und sich an ein verschwommenes Publikum diesseits der Vierzig wendet, vom Verlag als »echte« Popliteratur angepriesen. Der gehypte Begriff taugt daher ungefähr soviel wie die Feststellung, dass es sich bei gebundenen Druckwerken um Bücher handelt.

Der amtliche Popliteratur-Papst Benjamin von Stuckrad-Barre quälte sich und sein treues Publikum durch eine, bald abgesetzte, MTV-Show und dreistes Mehrfach-Recycling des eigenen Materials. Die akademische Aufarbeitung des Medienphänomens Popliteratur durch Theoriewerke hat den ersten Schritt in Richtung Kanonisierung und damit auch Musealisierung eingeleitet. Sowohl Feuilleton wie Publikum kommt mittlerweile das ganz große Gähnen bei der bloßen Erwähnung des Begriffs – wie auch nicht, wenn doch plötzlich Popliteratur endlos aus-ufernd »immer das, was Martin Walser nicht ist« bezeichnet, wie Johannes Ullmaier in seinem Buch »Von Acid nach Adlon. Eine Reise durch die deutschsprachige Popliteratur« meint. Ganz klar: Der teure Lack ist ab.

Dabei hatte alles so vielversprechend angefangen. Aufregend glitzernd und ganz schön verheißungsvoll war irgendwann der Terminus Popliteratur oder später auch neue deutsche Popliteratur aufgetaucht (Österreich und Schweiz sind bisher nur blass auf der Poplandkarte vertreten). Popliteratur! Das machte Hoffnung, dass Jugendkultur, Popstrategien und vor allem die Lebensrealitäten jüngerer, szeneorientierter Menschen endlich Eingang in die vom Hochkulturdünkel umgebene Gattung Buch fänden.

Die oft als elitär und lebensfern, allzu ernsthaft und nicht gerade jugendlich empfundene deutschsprachige Literaturszene würde nun einmal ordentlich aufgemischt und aufgefrischt, wünschte man sich. Bis dahin hatten interessierte Leserinnen und Leser, die ihren eigenen Alltag zwischen den Seiten widergespiegelt sehen wollten, auf Importe aus dem angloamerikanischen Raum zurückgreifen müssen. Dort ist interessanterweise die Bezeichnung »pop literature« überhaupt nicht geläufig (genausowenig wie in Frankreich) – zu selbstverständlich ist dort die vorurteilslose Vermischung von low-brow- und high-brow–Entertainment, wie der Erfolg der von Kritik und Publikum gleichermaßen bejubelten Bücher von einigen (sehr unterschiedlichen) Autoren wie Douglas Coupland, Nick Hornby oder Bret Easton Ellis beweist.

Doch während es auch für angelsächsische Schreiber hochkomplexer Höhenkamm-Literatur wie Thomas Pynchon, Don DeLillo, Kurt Vonnegut und David Foster Wallace völlig normal ist, im Sinne eines postmodernen Zeichenbombardements ganz nonchalant mit Markennamen und Referenzen an die Populärkultur um sich zu werfen und auf Begriffe und Ausdrucksweisen aus dem banalen Alltagsumgang zurückzugreifen, hatte das in der deutschsprachigen Literatur bis dato gar nicht oder nicht mit derselben Leichtigkeit stattgefunden. Genau in diese Leerstelle platzte mit selbstzufriedenem Krachen die deutsche Popliteratur.

EINIGE DIESER BÜCHER ERSCHEINEN NUN WIE EINE SPÄTE RACHE DER POPPER AN DEN PUNKS.

Klar, leichte Unterhaltungslektüre hatte es vorher auf dem Markt auch schon gegeben, aber die schaffte nicht das, was Popliteratur vermitteln sollte: ein trendiges, zeitgemäßes Lebensgefühl für urban orientierte Menschen, die so um Mitte zwanzig waren (oder sich zumindest einstellungsmäßig so fühlten) und ein dringendes Abgrenzungsbedürfnis gegen alles Unlässige hatten. Noch medienwirksamer wurde die Sache dadurch, dass viele der neuen Popliteraten – im öffentlichen Bewusstsein stehen zumeist die Männer der Riege im Vordergrund, wenn es auch einige erfolgreiche Autorinnen gibt – slicke Anzugtypen aus der Unterhaltungsbranche waren, die so gar nichts mehr vom verstaubten, eigenbrötlerischen Poeten-Image eines mit den Worten ringenden Handke hatten. Diese Autoren neuen Typs traten auf einmal fröhlich und gut gestylt in Talkshows auf, wo sie ihre dezidierte Meinung zu Jenny Elvers, C&A und teuren Markenklamotten kundtaten und dadurch ihre Bücher noch besser verkauften.

Vielen gilt der 1995 erschienene Roman »Faserland« von Christian Kracht als erstes Beweisstück der deutschen Popliteratur.

Dort ist schon angelegt, was die Hauptthemen dieser Gattung werden sollten und was sie so problematisch macht: der Protagonist, ein reicher, gelangweilter und orientierungsloser Schnösel, reist auf der Suche nach einer verlorenen Liebe und sich selbst von Nord- nach Süddeutschland und gibt sich dabei hauptsächlich seiner Verachtung für alles Stillose hin. Wie die meisten der Popliteraten unternimmt Kracht in diesem Debütroman gar nicht erst den Versuch einer stilistischen Innovation. Auch seine Reflexionen abstrahieren nie über das rein Subjektive hinaus auf das Level eines gesamtgesellschaftlichen Panoramas.

Die in der Popliteratur kultivierte Nabelschau, die sich in genau ausgeführten Likes und Dislikes ergeht und oftmals autobiografische Erinnerungen glorifziert (wie Florian Illies mit seiner Rückschau auf die Achtziger in »Generation Golf«), wäre nicht so enttäuschend, wenn sie nicht so apathisch apolitisch wäre.
Letztendlich bestätigt sie damit nur die Welt, die sie beschreibt, und so richtig prickelnd ist das nun nicht.
»Das Problem der Generation Golf ist natürlich, dass sie sich tatsächlich mehr Gedanken macht über die Anzüge der Politiker als über deren Taten, politisch also völlig indifferent ist. [...] Wir stehen Schröder so emotionslos gegenüber wie der gesamten nationalen und internationalen Politik. Wir haben zur Frage, ob man Socken zu Sandalen tragen darf und welche Internetaktie man kaufen sollte, eine dezidiertere Meinung als zum Nato-Einsatz im Kosovo,« schreibt Illies in »Generation Golf«.

Was aber ist aus dem rebellischen Widerstandspotenzial geworden, das Pop irgendwann mal als Vehikel einer – zumindest subjektiv – revolutionären Jugendkultur für sich in Anspruch nahm? Die Auflehnung von Lifestyle-Popisten wie Stuckrad-Barre, Kracht, Elke Naters und Co. ist immer nur die gegen den schlechten, billigen und ordinären Geschmack. Es ist eine Auflehnung der Oberflächen gegen die als dominant angesehene, libertäre und alternative Kultur des Politischen und Korrekten, die sich in den Achtzigern, dem prägendsten Jahrzehnt für die meisten dieser Autorinnen, in dem simplen Antagonismus »Punks gegen Popper« entlud.

Einige dieser Bücher erscheinen nun, simplifiziert ausgedrückt, wie eine späte Rache der Popper an den Punks. Nachdem die Jungbürgerlichen damals im Pausenhof wegen ihrer Sorge um den perfekten Sitz von Föhnfrisur und Marken-Sweatshirts verlacht wurden und so den ganzen Spaß, der im handlichen Paket mit der Jugendrevolte daherkommt, durch ihr erwachsenes Getue verpassten, schlagen sie jetzt mit ökonomischem, medientechnischem und lifestyligem Potenzial ordentlich zurück. Sie genießen es in Büchern wie »Tristesse Royale. Das popkulturelle Quintett« (hg. von Joachim Bessing) über das widerlich verdrekkte Klo des undergroundigen Hamburger Golden Pudel Clubs herzuziehen, ihre Verachtung für jedwedes Engagement, das natürlich sofort uncool macht, und ihre Begeisterung für schöne Luxusgegenstände zum Ausdruck zu bringen. In ihrer Schreibe wollen sie für nichts Stellung beziehen (höchstens gegen) und blenden dabei die gesellschaftliche Realität, die sie umgibt, völlig aus. Beinahe schockierend ist in dieser Hinsicht das letzte Werk der durchaus sympathisch schreibenden Elke Naters. Sichtlich autobiografisch berichtet sie aus ihrem Leben in Bangkok und schafft es, genauestens über ihren Nagellack, eine mögliche operative Bauchverkleinerung und Kate Moss' Bikini nachzudenken, ohne jemals mit auch nur einem Satz auf die sozialen Widersprüche der sie umgebenden thailändischen Gesellschaft einzugehen.

Doch auch wenn jetzt alles Popliteratur sein soll, worin banal und geschmacksdiktatorisch – und stellenweise sicher nicht uncharmant – aus dem eigenen Alltag berichtet wird, oder was »auf 200 Seiten zumindest zweimal einen Schallplattenspieler erwähnt«, wie Martin Büsser im Musikmagazin »intro« ätzte, ist immer noch nicht geklärt, wer bestimmen darf, was Popliteratur eigentlich ist. Was mit so viel Hoffnung anfing, kann doch am Ende immer noch gut werden, oder? Schließlich gibt es ja, abseits von massentauglichen Talkshow-Formaten, auch noch einige andere Autorinnen, die in ihren Büchern Pop verhandeln, ohne dass es in dicken Lettern auf dem Cover prangen muss. Sie versagen sich weder gesellschaftliche Kritik, stilistische Innovation noch intellektuelle Ansätze; ich denke Thomas Meinecke (»Hellblau«, »Tomboy«), ich denke Barbara Kirchner (»Die verbesserte Frau«), ich denke Kathrin Röggla (»Irres Wetter«), Kerstin Grether (das Erscheinen ihres ersten Romans kann ich kaum erwarten), Linus Volkmann (»super-lupo«), meinetwegen auch der wahnwitzige Dietmar Dath (»Skye Boat Song«) und zahllose andere. Und dann denke ich, vielleicht wird nach dem Abklingen der Hysterie doch noch ein produktiver Umgang mit dem Pop-Wort möglich. Und zwar nicht nur dort, wo es Kasse macht.

Benjamin v. Stuckrad-Barre >>

>> HOT SOFA: DER MUSIKANTENSTADL ALS LETZTER MEGA-RAVE

Von Christian Lehner

>> WOZU NOCH TANZSCHUPPEN FREQUENTIEREN, WENN DIE GRÖSSTE ALLER FETEN NONSTOP IM FERNSEHEN STATTFINDET? DIE »COOL CLUB CULTURE« DER 90ER ALS FORMATKONZEPT FÜRS MAINSTREAMFERNSEHEN.

Als Bubi in den frühen Achtzigern, als ich mit den großen und kleinen Entdeckungen meiner körperlichen und geistigen (?) Ausdehnung beschäftigt war, faszinierten mich die Paradoxien der Erwachsenenwelt. Warum schimpften die Omis am Kirchplatz ständig über die »weibisch langhaarigen G'fraster« (gemeint war der einzige Dorfhippie)? Wenn doch der in Holz geschnitzte Herr Jesus am Kreuz über dem Altar eine Mähne wie weiland John Bonham von Led Zeppelin gen Boden hängen ließ und selbige Omis regelmäßig darunter niederknieten und die Hände andächtig zur Ehrerbietung falteten? Die Erwachsenenwelt war einfach nicht zu durchschauen. Schon gar nicht, wenn es um verwandtschaftliche Beziehungen ging. Erstaunt lauschte ich den elterlichen Schimpftiraden gegen Onkel Hinz und Tante Kunz. Beim unausweichlichen Familientreffen in irgendeinem stickigen Gasthof in der Einöde Oberösterreich blieb dann in der Regel der von mir erwartete Eklat aus. Fad: Papa und Mama saßen in feuchtfröhlicher Eintracht neben Hinz und Kunz und erteilten einander rotwangige Umarmungen und feurige Freundschaftsschwüre. Verkehrte Welt, Erwachsenenwelt.

Diese Widersprüche faszinieren mich noch heute. Man befrage wahllos einen durchschnittlichen Freund der volkstümlichen Musik mittleren Alters nach seiner Meinung zu Techno. »Des is ka

Musik«, wäre noch das Freundlichste, was man in der Regel zu hören bekäme. Lustig wirds, wenn der bekennende Ravegegner beim ersten Einsatz des Beats aufspringt, die Faust in die Luft streckt und im 4/4-Takt die Kacherlschuhe in den Bierzeltboden stampft. Aus der PA tönt ein Hauruck-Beat mit »Quetschen«-Hooks. »Anton! Anton! Anton!«, schallt es aus der euphorisierten Bier-Rave-Menge.

Die zur Zeit erfolgreichsten Produktionen volkstümlicher Musik sind Techno. Techno meint hier nicht nur den Umstand, dass neuerdings gern über trockene elektronische Beats statt Schlager- oder Polkarhythmen gejodelt wird. Computerunterstützte Musikproduktion hat sich auch in der Schürzenjäger-Welt schon längst als neuer Produktionsstandard durchgesetzt.

Die Trompete aus Blech bleibt im Kasten, wenn sie am Mischpult kostengünstiger abrufbar ist. Die Freunde der Volksmusik merken den Unterschied kaum. Der Technobeat wird als solcher nicht wahrgenommen. Am Entstehungsprozess der einschlägigen Ware ist man auch kaum interessiert. Die Ziehharmonika im Sequencer interessiert nicht, ebensowenig wie die Tuba im Sampler. Geschunkelt wird immer noch analog. Anschaulich zu beobachten ist die anhaltende Clubwerdung »volkstümlicher Kultur« beim größten Indoor-Rave, das im TV regelmäßig zu sehen ist: Karl Moiks Musikantenstadl. Menschen kommen zusammen, nehmen Drogen und tanzen in einer riesigen Halle zu elektronisch generierter Musik. Alles etwas artiger als bei den Enkeln, aber immerhin. MC Moik führt die Polonaise an der Spitze durch die unendlich langen Täler zwischen den weiß drapierten Biertischen hindurch. Niemand schert aus, alle marschieren brav im Takt oder stehen händeklatschend vor hochalpinen Plastikkulissen oder Miniatur-Talstationen.

DIE »RAVING SOCIETY«? SO HATTEN WIR DAS NICHT GEMEINT.

Die »Raving Society«, noch nie war sie so real. Nachdem die »Rave-o-lution« Anfang der Neunziger zuerst die coolen Hipster erfasste und etwas später die vormaligen Opel-Manta Vokuhilas befreite, sickert die Botschaft vom »geilen« Beat zur Zeit bis in die Rinnsale der Ballermann-Gaudi durch. Da staunten sogar der Gründervater der Berliner Love Parade Dr. Motte und seine »Members of Mayday«: So hatten wir das nicht gemeint! Die Schenkelklopfvariante von Techno war im utopischen Entwurf der »Technogesellschaft« nicht vorgesehen. Zum ersten Mal von Jürgen Laarmann 1994 im Dance-Magazin »Frontpage« formuliert, sollte die »Raving Society« die tanzende Vermählung von Mensch und (Kommunikations-)Technik verwirklichen. Doch was genau darunter zu verstehen war, darüber gingen die Meinungen auseinander. Für Laarmann, Westbam, Dr. Motte & Co, die über Partys, Plattenfirmen wie »LowSpirit« und Medien wie Frontpage den Technomarkt kontrollierten, war die Raving Society ein Land voll Milch und Honig. Für mich als Landei-Raver sah das damals dagegen so aus: Ehemalige Schnauzbartler mit einer rüden Abneigung gegen alles nur im Ansatz erkennbar »Alternative« drängten plötzlich gepierct und in lange Röcke gewandet auf die Dancefloors oder die nächste Straßenparade. Es war schick auf »Mädchen« zu machen und einander zu umarmen statt sich zu prügeln. Ecstasy sei Dank! Für mich und viele meiner Bekannten

bedeutete das damals: Nein danke, so nicht. Im Jahr 2002 ist vom kryptoreligiösen Entwurf der »Raving Society« einzig ein erfolgreiches Marketingtool für international agierende Vergnügungskonzerne wie die Love Parade übrig geblieben.

Geschwitzt wird neuerdings jedoch weniger in den Clubs, Bierzelten und anderen Vergnügungsstätten aus Beton und Holz. Die wirklich große Party findet im und vor dem TV-Gerät statt. Wenn laut Marshall McLuhan Medien Ausweitungen des Körpers sind, hat die Mattscheibe neuerdings Beine bekommen und das »Abshaken« gelernt.

TV-Programmdirektoren sind DJs. Sie mixen ein nie enden wollendes Set aus Jingles, Werbeblöcken und Content. Wichtig ist der durchgehende Flow. Beim Radio sagt man dazu »Durchhörbarkeit«: Über die Anmutung eines bestimmten Hörfunkformats und die daraus resultierende Zielgruppenorientierung entscheiden Mixphasen im Zehntelsekundenbereich bei Musikmischungen. Lange Pausen beim Schlagersender, am besten gar keine Ruhephase bei den Hitradios. Der DJ in seiner ursprünglichen Version als Radiomoderator ist über den Club-DJ als Garant für den endlos fließenden Musikmix zurück zu seiner ursprünglichen Bestimmung gekommen. Jetzt nicht mehr exklusiv im Club deines Vertrauens oder im Radio, sondern auch im TV-Programm deiner Wahl ... Die plumpe Aneinanderreihung von Sendungen mit verschiedenen Zielgruppen gehört der Fernsehvergangenheit an. Der Aufbau des Sets gehorcht feinen dramaturgischen Vorgaben und Nutzungsparametern. Und wehe, der Flow reißt ab. Die traditionelle Rubrik »Entschuldigen Sie bitte die technische Störung« ist schon längst aus den TV-Programmen verschwunden. DJ-Versagen dieser Art zerstören den Fluss der Daten und werden mit Umschalten bestraft.

Obwohl das »Clubprinzip« Fernsehen mit einigen ehernen Regeln der Dance-Kultur bricht (das Akustische ordnet sich dem Visuellen unter), blühen im TV auf wundersame Weise einige ideologische Versatzstücke der ursprünglichen Techno-Avantgarde auf. Der Programmdirektor (DJ) bleibt gesichtslos. Er stellt sich nicht auf eine Bühne über das Publikum, wie wir das von Rockbands kennen. Er ist kein Star. Sein Mix entsteht außerhalb der sinnlichen Wahrnehmung des Publikums (bei vielen Raves der ersten Stunde legten die DJs in einem vom Dancefloor getrennten Raum auf). Die auf der Mattscheibe sichtbaren VJs, DJs und Acts werden solcherart Teil des »Ausgangsmaterials« – ähnlich den Tonträgern im Club.

Fernsehen ist »gelebte Demokratie«, fast jeder kann daran teilhaben. Niemand muss mit Turnschuhverbot, »Sorry, erst ab 18« oder »mit deiner Hautfarbe nicht« rechnen, wenn er vor dem TV-Gerät zur Après-Ski-Show auf RTL II »abhotten« will. Da schwitzt das Sofa zu Right Said Fred, den Mallorca Allstars und natürlich DJ Ötzi. Wenn der Mix nicht gefällt, bleibt immer noch der Griff zur Fernbedienung. Der herkömmliche Club ist in der Regel elitär wie alle Salons. Auch der toleranteste Partyort verfügt über ein feingesponnenes Netz von Ausschlusskriterien und sozialen Indikatoren des Dazugehörens. Dresscodes werden in der Regel weniger von Türstehern als vom Partyvolk selbst kontrolliert – das gilt auch für egalitäre Hütten wie das Wiener Flex oder den Mooser Wirt in St. Anton, der die Kulisse für die RTL2-Après-Ski-Show hergibt.

UND WEHE DER FLOW REISST AB. DJ–VERSAGEN DIESER ART WERDEN MIT UMSCHALTEN BESTRAFT.

Über die Sinne erfassbar wird das Clubprinzip Fernsehen durch die Adaption szenetypischer Codes. Da die elektronischen Medien sich mit ihrer Programmausrichtung vorwiegend an den Bedürfnissen jüngerer Zielgruppen orientieren (und das meint heute Menschen bis ca. 49 Jahre), inszenieren die Gestalter ein entsprechend jugendliches Werbeumfeld. Eigene Sendungen für Senioren oder Jugendliche verschwinden in der Primetime zunehmend von den TV-Schirmen der großen TV-Anstalten zugunsten von »all interest«-Inhalten.

Als metaphysischer Kitt dient eine locker jugendliche Ansprache, symbolisiert durch den Distinktionsdauerbrenner »Cool«. Die

Metapher für die »kühle Reaktion« auf eine »kühle Gesellschaft« (Zitat Ulf Poschardt, »Cool«) wird von eben dieser umgedeutet um Produkte und Werbezeiten zu verkaufen. Ob der Confetti Club auf ORF1 (»der coole·Club für Kids«), Teletubbies, die Wortwahl der RTL-Moderatoren oder spezielle Clubformate wie Viva »Clubrotation«. Werbung ohne Drum&Bass- und Downbeat-Collagen? Nicht mehr denkbar. Alles klingt und scheint wie eine ausgelassene Party im Backstagebereich eines x-beliebigen Clubs. Und wir tanzen 24 Stunden nonstop. Morgens zum volkstümlichen »Live Panorama«-Mix auf TW1. Abends, wenn bei der Spacenight des Bayrischen Fernsehens zu Bildern aus dem Weltall Ambient-Klänge ertönen. Dazwischen zu den »coolen Szeneberichten« von RTL Exklusiv und den MTV News.

WERBUNG OHNE DRUM&BASS- UND DOWNBEAT-COLLAGEN? NICHT MEHR DENKBAR.

Jetzt, da die »Raving Society« Realität ist, gibt die Techno-Avantgarde klein bei. Aus den »New Forms« (Roni Size), dem Aufbrechen tradierter Musikformate, werden wieder (außer)gewöhnliche Popsongs. Ehemalige Techno-Pioniere wie der aus Detroit stammende Produzent Felix da Housecat oder Mathias Schaffhäuser flüchten musikalisch in die Sandkiste der Achtziger. Modernisierungsverlierer einmal anders. »Hey little Girl« im Orginal von der Synthie-Popgruppe Icehouse, jetzt im Electro-Workout von Schaffhäuser. Und ja, das klingt gut, doch die Scheinaffirmation der Achtziger als subversive Strategie verkommt in der heutigen Medienrealität zur leeren selbstverliebten Geste. Wo einst die Kälte durch Bands wie Cabaret Voltaire oder New Order gespiegelt wurde, steht heute der Sound als bloßes Gimmick. So verläuft die »Achse des Bösen« von DJ Ötzi über Scooter bis zu den »Chicks on Speed«. »Tiga & Zyntherius« mit »Sunglasses at Night« (auch so eine Achtziger-Coverversion) im Viva-Videomix nach den Backstreet-Boys und vor Afroman – Fernsehrealität 2002. Der »Mainstreamspießer« ist »cool«, der Clubhipster trägt Hauspatschen und gemeinsam tanzen sie am Sofa vor dem Fernseher.

>> AVATARE AN DER ARBEIT: DIE NEW ECONOMY ALS ONLINE-SPIEL

Von Hans Wu

>> WARUM WIR ALLE IMMER SCHON AVATARE WAREN. EINE VIRTUELLE SPIELER-COMMUNITY, DEREN BRUTTOINLANDSPRODUKT PRO KOPF GRÖSSER IST ALS DAS VON BULGARIEN. REALE DOLLARS GEGEN DINGE, DIE ES GAR NICHT GIBT, DAS »STREBEN NACH EINEM GRÖSSEREN ICH« UND DIE WIEDERGEBURT DER MITTELALTERLICHEN FEUDALGESELLSCHAFT IM ONLINE-SPIEL NAMENS »NEW ECONOMY«.

Tumult war angesagt in der Internetabteilung des Telekomunternehmens. Ein Tumult, der sich natürlich nur in der Kaffeeküche und in der Mittagspause abspielte, die Vorgesetzten wurden nicht damit behelligt. Trotzdem, im Vergleich zu den üblichen – ganz wie es das Bild der New Economy vorschreibt – harmonischen Verhältnissen in der besagten Internetabteilung war die leichte Unruhe ein Tumult. Was passiert war: Die neuen Visitenkarten wurden verteilt, und wo früher unter dem Namen der Jobtitle zu lesen war, stand nun bloß die Bezeichnung der Unterabteilung. Ein »Product Manager« wurde ersetzt durch »Product Management«, der Business Stratege, der sich vorher »Business Development Manager« nennen durfte, wurde verallgemeinert durch »Business Development.« »Sie haben unseren Status als Individuum aberkannt«, trauerte einer der ehemaligen »Manager« einer eigenartigen Vorstellung von Menschenwürde nach.

Ein Jobtitle, den ich einmal mit Stolz trug, war: »Respectable Grandmaster Warrior.« Eigentlich war es gar nicht meiner, sondern der meines Avatars. Das Wort Avatar ist eigentlich der Sanskritausdruck für die Inkarnation einer Hindugottheit. Als Tier oder

Mensch wandelt so eine Gottheit zeitweilig auf der Erde, ohne dabei ihre Weisheit und Unverwundbarkeit zu verlieren. Seit dem Roman »Snowcrash« von Neal Stephenson wird der Ausdruck Avatar für die Repräsentation eines Users in einer digitalen Welt verwendet. Wie zum Beispiel eine Spielfigur in einem Online-Computerspiel, ich war in meiner Avataren-Inkarnation eine Sie, gut im Bogenschießen und eben eine »Respectable Grandmaster Warrior.« Abgespielt hatte sich das alles auf »Ultima Online,« dem ersten MMORPG (die Abkürzung für »Multi Player Online Role Playing Game«). Ein MMORPG ist eine Computerspielwelt, in die man per Internet einsteigt. Dort trifft man auf Tausende andere Spieler, die in Wirklichkeit irgendwo auf der Welt ebenso vor einem Computer sitzen. Und diese Welt besteht auch weiter, wenn man schon ausgestiegen ist, mit eigenem Wetter und eigenen ökonomischen und sozialen Gesetzen.

In solchen virtuellen Welten gibt es immer eine Menge zu tun. Die meisten MMORPGs sind in einer Art Mittelalter angesiedelt und so kann man wählen, ob man Drachen töten, andere Spieler ausrauben oder einem Handwerk nachgehen will. Je häufiger eine Fähigkeit ausübt wird, wie zum Beispiel Bogenschießen, desto besser wird die Spielfigur darin. Dies spiegelt sich dann im »Jobtitle« wieder. Ein »Grandmaster«, egal ob »Warrior« oder »Tailor«, ist besser als ein »Master«, viel besser als ein »Novice« und zeigt vor allem an, dass der Spieler sehr, sehr viel gespielt hat und im echten Leben wahrscheinlich keine Freunde mehr hat. Ansonsten gibt es auch die üblichen anderen Indikatoren für Status: Geld und Besitz. Für Tätigkeiten kann virtuelles Geld in Form von digitalen Goldmünzen erworben werden, mit Geld können Güter gekauft werden. Rare und daher auch teure Güter sind natürlich am beliebtesten, da sie wie Designeranzüge hohen Status reflektieren. Kurz gesagt, Tausende von Menschen arbeiten in ihrer Freizeit in einer Internetspielwelt um Sachen zu kaufen, die es gar nicht gibt.

All das wäre eine rein virtuelle Angelegenheit geblieben, gäbe es nicht die Internetversteigerungsplattform e-bay. Bald wurden be-

sonders seltene und teure Güter, wie Häuser oder magische Rüstungen auf e-bay für echtes Geld angeboten. Auch virtuelle Goldmünzen konnten ersteigert werden, wodurch sich nach den Gesetzen von Angebot und Nachfrage ein leicht schwankender Wechselkurs zwischen Spielgeld und echten Dollars bildete. Der Avatar, einst eine Form indischer Göttlichkeit, wurde zum Proletarier realer Wertschöpfungsprozesse. Der Wirtschaftswissenschaftler Edward Castranova rechnete für ein anderes MMORPG, namens »Everquest«, ein Bruttonationalprodukt pro Kopf aus, das über dem bulgarischen und knapp unter dem von Russland liegt.

Warum Tausende von Menschen weltweit im Spiel einer Arbeit nachgehen oder real erarbeitetes Geld für die Ausstattung eines virtuellen Charakters ausgeben, lässt sich vielleicht beantworten, wenn man sich das Phänomen Avatar genauer ansieht. Der Avatar ist nicht zwingend das digitale Alter Ego und verhält sich nicht unbedingt diametral zu seinem realen Ich. Der Spieler schlüpft in eine unbeschriebene Rolle, die Platz für Projektion lässt. Wenn Männer sich im Spiel als Frauen ausgeben, hat dies wahrscheinlich mit dem unbewussten Wunsch nach mehr Weiblichkeit in einer Männerdomäne zu tun, meinte die britische Cyberfeministin Sadie Plant einmal in einem Interview: »Männer erschaffen sich hier die fehlende Weiblichkeit.« Genauso werden andere Wünsche und Begehren auf einen Avatar transferiert. Das »Streben nach einem größeren Ich« wird auf eine virtuelle Existenz verschoben. Am »verschobenen Ich« am Bildschirm ist es besser zu basteln als am eigentlichen Ego.

EIN UNTERNEHMEN DER NEW ECONOMY IST AM EHESTEN EIN MITTELALTERLICHES FEUDALSYSTEM.

Doch eigentlich ist das alles gar nicht so neu. Wenn virtuelle Goldmünzen auf e-bay gegen Dollar getauscht werden, wechselt da nicht eine Abstraktion in die andere? Der Wunsch nach Dingen, die es gar nicht gibt, ist Antrieb für Börsenkurse, und diese haben wieder reale Auswirkungen wie Massenentlassungen.

Mode, technische Gadgets und Autos haben vor allem die Aufgabe unser Subjekt zu »verbessern«. Marken transferieren einen virtuellen und subjektiven Mehrwert auf unser Ich. Der virtuelle Gehalt unseres Wirtschaftssystems ist mittlerweile so hoch, dass wir es eigentlich ganz auf eine Onlinewelt »outsourcen« könnten.

Eine Sache verbindet ein MMORPG noch mit der erwähnten Internetabteilung: Vorgesetzte in der Abteilung, die sogenannten »heads of«, sagen gerne und oft: »Ein Unternehmen ist keine Basisdemokratie.« Das soll ja auch gar nicht in Abrede gestellt werden, aber was ist es dann? Eine Oligarchie, eine Tyrannei, ein Ständestaat? Und eigentlich ist die Antwort in diesem Fall ganz leicht: Ein Unternehmen der New Economy ist am ehesten ein mittelalterliches Feudalsystem, nicht unähnlich den sozialen Gefügen in MMORPGs. Die da unten werden nur als Funktionen und Aufgaben bezeichnet wie »Customer Care«, »Software Development«, vergleichbar mit Familiennamen wie Müller oder Schmied. Die »Freiherren« in der Mitte der Ordnung sind als Personen festmachbar, als »Manager« von irgendwas, genauso wie der Adel mit »von und zu« als an Orten zuordenbare Individuen festmachbar war. Fürsten und Herzöge, Directors und Executive Officers: die Spitze der Pyramide. Wichtig auch die abgehobene Legitimation des Systems: Früher war es einmal die gottgegebene Macht eines Herrschers, in der New Economy ist es die Unternehmensvision, welches esoterische Ziel auch immer erreicht werden soll. Und es sind eben diese Visionen und Legitimationen, die zu 70-Stunden-Wochen und Kreuzzügen aufstacheln vermögen.

So gesehen war die Streichung des Jobtitels »Manager« für die braven Mitarbeiter ein massiver »Downgrade« ihres Avatars. Denn, wenn Arbeit sinn- und identitätsstiftend ist, ein New Economy Unternehmen aber ein virtuelles mittelalterliches Feudalsystem, dann kann der Schluss nur sein, dass die Mitarbeiter in solchen Unternehmen nur Projektionen eigentlich ganz anderer Personen sind. Und das ist sicher nicht die einzige Branche, wo nur Avatare arbeiten, doch das ist wieder eine ganz andere Geschichte.

>>REAL COFFEE, REAL LIFE: DIE NEUE KAFFEEHAUS-REPUBLIK

Von Robert Rotifer

>> DIE INTERNATIONALE INVASION DER COFFEE-BARS HAT DIE HÜTER DER REGIONALEN KULTURIDENTITÄTEN AUF DEN PLAN GERUFEN. DABEI LIEGT DIE WAHRE BEDROHUNG GANZ WOANDERS. HIER EIN PAAR ASSOZIATIONSKETTEN WIDER DEN KAFFEEHAUS-CHAUVINISMUS UND WIDER DIE EXPANSIONSWUT DER KARAMELISIERTEN NO-SMOKING-PURITANO-BOHÉME.

Es war der erste Mai vergangenen Jahres, jener im Vereinten Königreich mittlerweile fast vollständig zum Tag der Anti-Globalisierungsbewegung umfunktionierte gute alte Tag der Arbeit. Über das ganze Londoner West End waren Tausendschaften uniformierter und ziviler Polizisten verteilt um das Privateigentum multinationaler Konzerne zu hüten. Keine Filiale von McDonald's oder The Gap, die nicht ihre sonst so selbstbewusst als territoriale Feldzeichen zur Schau gestellten Logos vorsorglich hinter hölzernen Verschlägen verborgen hätte. Nur ein paar vereinzelte Kleinläden hielten trotzdem offen, so als wüssten sie genau, dass die anarchistischen Randalierer, vor denen Polizei und Regierung gewarnt hatten, es nicht auf sie abgesehen hätten. Die große Verwüstung, so vermutete auch die Exekutive, würde andere, symbolträchtige Tempel des Großkapitals treffen. Niketown am Oxford Circus passte genau ins Feindbild der Demonstranten. Und so, wie sie das auch sonst zum Schutz fremder Botschaften tun, formierten die Polizisten einen dichten Kordon rund um den Eingang der an jenem ersten Mai verbotenen Turnschuhstadt. Allein, als der Demonstrationszug am Oxford Circus vorbeikam, wollte sich partout keine spontane Gewalt entladen. Es gab Masken,

Fahnen, Trommeln und Tröten, aber weder Steine noch Flaschen flogen, und nach einer Weile schickte sich die Menge zum Weiterziehen an. Die Exekutive, die sich in ihrem Einsatzplan bereits auf den Ort des Showdowns festgelegt hatte, konnte das freilich nicht zulassen und entschloss sich dazu alle – ob zufällig oder aus Protest – Anwesenden einzukesseln und brüten zu lassen, bis sich der nötige Anlass zur fotogenen Zerschlagung der Versammlung bot. Ich für meinen Teil hatte noch einen anderen Termin. Fünfhundert Meter weiter in der BBC wartete das gebuchte Studio auf mich, wo ich einen Beitrag für die FM4-Homebase produzieren sollte, also ging ich einfach durch die Sperre. Da fiel mir von hoch oben ein schwerer Handschuh auf die Schulter.

IN UNMITTELBARER SICHTWEITE TOBTE DER PROTEST, WÄHREND DIE »ECHTEN MENSCHEN« SELIG IHREN KAFFEE SCHLÜRFTEN.

Ich drehte mich um und sah, dass die Hand einem berittenen Polizisten gehörte. Aber der wollte mich weder prügeln noch festnehmen, sondern bedeutete mir nur eine schmale Lücke im Kordon und sagte höflich: »Würden Sie bitte da hinten vorbeigehen, Sir?« Später dann im Fernsehen würden irrtümlich ins Gewühl geratene Normalbürger aufgeregt davon erzählen, wie sie stundenlang vergeblich darum gebettelt hätten den Oxford Circus verlassen zu dürfen. Ich dagegen hatte offenbar wieder einmal so zerstreut und desorientiert gewirkt, dass selbst die Riot Police Mitleid bekam. Als ich also an den endlosen Reihen von Pferden, Einsatzwägen und Schilder und Knüppel tragenden Polizisten vorbei die Regent Street hinauf in Richtung Broadcasting House ging, fiel mir zur Rechten eine neu eröffnete Filiale der Coffee Republic ins Auge. Erst ein Kettenladen als Stadt (Niketown), und jetzt gleich einer als Scheinstaat, dachte ich mir – eine Kaffeerepublik, wie schön. Der Kunde darf demokratisch zwischen Filterschlacke und Espresso, Karamellsauce und Schlagobers, Vanille und Kakao wählen. An der Auslage der Coffee Republic war der stolze Propagandaslogan dieses idyllischen Kleinstaats zu lesen: »Real people, real life, real coffee.« – Die Metapher hätte treffender nicht sein können. In unmittelbarer Sichtweite tobte der Protest gegen die Vereinnahmung der Gesellschaft durch die Macht der Konzerne, während die vermeintlich »echten Menschen« hier in der Filiale genau so einer Corporation selig ihren Kaffee schlürften und von all dem Wirbel da draußen nichts mitkriegten.

Keine Frage, welches dieser konkurrierenden Weltbilder sich im Kampf um den öffentlichen Raum durchsetzen würde. Die Spuren der Demonstration waren schon zwei Tage danach kaum mehr zu sehen. Die Ausbreitung der Coffeeshops im West End als sichtbare Manifestation der kommerziellen Homogenisierung Londons schritt dagegen weiter fort. Wenn ich heute vom Oxford Circus zum Broadcasting House gehe, komme ich dabei nicht nur an der Coffee Republic, sondern auch an Filialen von Aroma, All Bar One, EAT und Starbucks vorbei. Letztere größte und aggressivste aller Ketten betreibt im unmittelbaren Umkreis der Oxford Street ihre Taktik der flächendeckenden Konzentration bis über die Grenzen der Saturierung hinaus mit derartiger Penetranz, dass alle anderen Catering-Marken – auch wenn sie eigentlich schon vorher da waren – subjektiv nur mehr als Abweichungen vom »Original« erscheinen. Was mit all den überflüssigen Filialen passiert, wenn die Konkurrenz einmal verdrängt, die Markthoheit erreicht und die Zeit zum Abspecken gekommen ist, interessiert jetzt noch niemand. Klar ist allerdings, dass all die individuellen kleinen Läden, die in den letzten Jahren diversen Bar- und Coffeeshop-Ketten zum Opfer gefallen sind, gemeinsam mit der sich in ihnen reflektierenden Geschichte für immer verschwunden sein werden. Während ich diesen Text hier schreibe, hat etwa gerade der für so manche stilistische Entwicklung in der hiesigen Musikszene maßgebliche »Ray's Jazz Shop« in Covent Garden die weiße Fahne in Form eines großen »To Let«-Schilds gehisst. Aber das ist eben

London, wo es keine fixen Geschäftswidmungen gibt. Wo die Mieten unkontrolliert in astronomische Höhe schnellen, bis sie für kleine Betreiber völlig unerschwinglich werden, und somit der Expansionswut kapitalkräftiger Großkonzerne nichts im Wege steht.

Als ich von der Eröffnung des ersten Starbucks in Wien hörte, war meine instinktive Reflex-Reaktion natürlich, dass da offenbar wieder wer Eulen nach Athen bzw. Kohlen nach Newcastle trägt, wie die Briten so zu sagen pflegen. In das erwartungsgemäß aufbrausende Gejammer besorgter Lokalpatrioten über den bevorstehenden Niedergang der Wiener Kaffeehauskultur wollte ich allerdings auch wieder nicht mit einstimmen. Zu oft hatten Wiens bornierte Herren Ober mich und meine Freunde einst unter fadenscheinigsten Vorwänden aus diesen Tempeln der Andacht hinauskomplimentiert. Damals in den Achtzigern waren ein paar stinkende, manchmal etwas lautere Teenager, die stundenlang ihren kleinen Mokka behüteten, bei weitem nicht so willkommen wie die distinguierte altvordere Kundschaft, die genau dasselbe tat. Glaube kaum, dass sich daran seither was geändert hat. Jugendliche Menschen, die sich vom Kaffeehauswesen verscheißert fühlen, genießen also mein vollstes Verständnis. Darüber hinaus hege ich nur begrenzt sentimentale Bindungen zu den unumstößlichen klassischen Wiener Kaffeeformaten. Schließlich wären wir ohne italienische Espressomaschinen ja auch arm dran. Und die sind, wenn ich mich nicht täusche, ein Produkt jener ersten Welle der Café-Modernisierung in den Fünfzigern und Sechzigern des letzten Jahrhunderts, die damals schon irrtümlich als potenzieller Tod der indigenen Tradition missverstanden wurde. Ich persönlich pfeif ja auf Einspänner. Und wer stattdessen Vanillesirup in seiner braunen Brühe haben will, der soll meinetwegen – solange er oder sie nicht der gefährlichen Illusion aufsitzt, ein Coffeeshop mit seinem puritanischen No-Smoking-Regime wäre der Angel-

ICH PERSÖNLICH PFEIF JA AUF EINSPÄNNER. UND WER VANILLESIRUP IN SEINER BRAUNEN BRÜHE HABEN WILL, DER SOLL.

punkt der urbanen Bohéme, bloß weil die dort bedienenden, sogenannten »Baristas« unter den örtlichen Studenten rekrutiert werden. In Wahrheit sind diese Leute natürlich auch bloß »real people«, die echte Studiengebühren, echte Mieten und echte Gas- und Stromrechnungen zu bezahlen haben.

Die meisten dieser Gedanken wurde ich schon damals, als Starbucks in Wien aufmachte, in einer meiner Stories auf der FM4-Homepage los. Und das Forum zu jener Geschichte quoll schon nach ein paar Stunden online vor Postings geradezu über – was natürlich weniger an meiner Schreibe als an der Anziehungskraft des Namens Starbucks lag. Besonders interessant klang dabei folgende Wortmeldung von »smartie4«:

»arbeite bei ebendiesem starbucks in wien und fühle mich eigentlich nicht sonderlich ausgebeutet ...«

Das klang zweifelsohne wesentlich interessanter als alles, was ich zu dem Thema je selbst zu sagen haben könnte, also fragte ich nach und berief mich dabei darauf, was ich in Naomi Kleins »No Logo« und ähnlichen Berichten über den angloamerikanischen Arbeitsalltag aufgeschnappt hatte: »Hab bisher nur über Arbeitsbedingungen in UK und USA gelesen. Wie siehts in Österreich aus? Müssen mehrmals pro Tag zu den ›starken‹ Zeiten für eine Stunde oder zwei die Teilzeitaushilfen antanzen? Hast du Stock Options?«

»Smartie4« antwortete prompt: »ich bin für 2x8std spätdienst (konnte man sich aussuchen) in der woche angestellt und werde ihnen etwas husten, wenn sie mich antanzen lassen wollen! offizielle eröffnung ist ja erst am samstag, hab bisher nur 3 wochen einschulung hinter mir. im moment jagt eine pre-eröffnungsfeier die nächste, gestern durfte jeder mitarbeiter 2 freunde einladen, die dann den ganzen nachmittag gratis schlürften und schlemmerten! verdienen könnte ich sicher woanders mehr, aber dafür machts echt voll viel spass, weil die leut alle voll nett sind ... und, ähm ... what the hell are stock options???«

Als ich zwei Monate später diese Geschichte hier zu schreiben begann, setzte ich mich mit smartie4 per Mail wieder in Verbindung. Die Antwort kam auch diesmal postwendend:

»Hey, hola! Find ich ja lustig, dass du grade zu diesem Thema was schreibst! Meine Meinung über diesen Verein hat sich am 30.1. um ungefähr 14:07 ins genaue Gegenteil verkehrt, da würde ich nämlich grundlos entlassen ... Und wenn ich schreibe grundlos, dann meine ich VÖLLIG grundlos! War also von einer Minute auf die andere meinen Job los ... feine Methoden!«

Verständlicherweise wollte smartie4 ihren Namen hier nicht genannt sehen (was es mir wiederum unmöglich machte, bei Starbucks nach den Hintergründen ihrer Entlassung zu recherchieren), aber sie war mehr als willig, mir ihre subjektive Sicht des Arbeitsklimas bei Starbucks zu vermitteln:

»Supa! Alle Baristas voll nett und ziemlich jung, hab mich mit allen urgut verstanden und mich jedesmal auf den Dienst gefreut, weil wir immer Spaß hatten. Es waren auch jedesmal andere Mitarbeiter da, weil viele nur teilzeit-angestellt sind; und es war immer ein großes Hallo, wenn man sich mal zwei Wochen nicht gesehen hatte. War uns ja auch schon in unserer dreiwöchigen Einschulung eingetrichtert worden, dass wir immer nett und hilfsbereit und respektvoll miteinander umgehen sollen (›star skills‹). Aber ziemlich bald nach der Eröffnung wurden einige von uns zu ›shift supervisors‹ befördert. Die gingen uns mit der Zeit dann alle auf die Nerven, und zwar ziemlich ... An vorderster Front die Storemanagerin, die einzige, die wir siezen mussten, obwohl sie erst zwanzig war und viele Baristas älter als sie waren. (Sie war in dem Punkt auch etwas empfindlich, wir haben erst durch schlaue Detektivarbeit herausgefunden, wie alt sie ist.) Naja, kurz und gut, es hatte für uns stark den Anschein, dass unser tolles Führungsteam nur noch herumkommandierte und wir die waren, die tatsächlich arbeiteten. Einmal im Monat gibts eine Teambesprechung, die meiner Meinung nach überhaupt nichts bringt, was an den mangelnden Führungsqualitäten unserer glorreichen Führungsmannschaft liegen könnte. Wie gesagt, wir hatten alle eine dreiwöchige Einschulung, in der wir ordentlich gehirngewaschen wurden, damit wir auch selber davon überzeugt sind, wie einzigartig Starbucks ist. Haben auch gelernt, wie wir mit Kunden umgehen sollen: Der Kunde ist König. Wenn er unzufrieden ist, alles tun, um ihn zufriedenzustellen (neues Getränk machen, Gutschein hergeben ...). Er soll ausführlich beraten werden, falls er die Getränke noch nicht kennt. Lustig war, dass wir am zweiten offiziellen Öffnungstag unter Häferlknappheit litten, da bereits am ersten Tag ein grosser Anteil des Vorrates ›unabsichtlich von Kunden mitgenommen‹ worden war. So mussten wir Getränke, die zum Hiertrinken (›for here or to go?‹) bestimmt waren, im Pappbecher hergeben. Das Ausrufen des Getränks mittels Namen des Kunden wurde auch bald wieder abgeschafft, da ›die österreichische Kundschaft das nicht wolle.‹«

WAR VON EINER MINUTE AUF DIE ANDERE MEINEN JOB LOS... FEINE METHODEN!

Auf der Homepage der österreichischen Starbucks-Niederlassung ist ein Bild des grünbeschürzten Kellner-Teams zu sehen, das im Dezember 2001 enthusiastisch seinen Dienst in der ersten österreichischen Starbucks-Filiale antrat. Eine der Baristas, die da grinsend ihre Starbucks-Häferl in die Kamera halten, muss smartie4 gewesen sein. Ihren Erzählungen zufolge erfuhr diese Idylle wenige Wochen drauf ein jähes Ende:

»Hatte am 29.1. Dienst. Shiftsupervisor sagte mir, dass die Storemanagerin angerufen und gefragt hat, ob ich am nächsten Tag um 14 Uhr im Store sein könne. Shiftsupervisor erklärte mir, sie wisse auch nicht, worum es ginge, ich solle mir keine Sorgen machen, sie könne sich nur vorstellen, dass es um den Urlaub oder was Ähnliches geht. Hab mich gewundert und das den anderen erzählt. Wir machten uns noch lustig darüber, was ich denn angestellt hätte. Andere meinten, vielleicht wolle sie fragen, ob ich mehr Stunden arbeiten könnte ... 30.1., 14 Uhr: Storemanagerin fragt mich, ob ich mir etwas zu trinken holen wolle. Ich hab mir schnell einen Kaffee besorgt. Dann standen wir an einem Steh-

tischchen im Eingangsbereich (Storemanagerin, ich und noch irgendeine Vize-Managerin oder so): ›Das Führungsteam hat beschlossen, dass Sie nicht in das Team passen.‹ Vor ihnen auf dem Tisch lagen die von ihnen bereits unterschriebenen Kündigungszettel. Ich solle doch bitte unterschreiben, meinen Spind räumen und meine Sachen zurückgeben, sie würden mich noch zwei Wochen weiter bezahlen, allerdings bräuchte ich nicht mehr zum Dienst erscheinen. Ich dürfe weiterhin als Kunde kommen, da sie ja wissen, dass ich Freunde hier gefunden hätte (oh wie nett, kein Lokalverbot ...)! Ich war völlig fertig, mit dem hatte ich nun wirklich nicht gerechnet. Auf meine Frage, was dieser Satz (siehe oben) eigentlich heißen solle, wurde mir die noch blödere Phrase ›Sie stehen nicht hundertprozentig hinter ihrer Arbeit‹ entgegen geworfen. Ich meinte, ich hätte keine Lust zu gehen, schließlich hab ich den Job gern gemacht. Dass ich nicht hundertprozentig hinter meiner Arbeit stehe, könnte darin liegen, dass ich auch noch auf die Uni gehe und Starbucks nicht mein Leben ist. Ich meinte auch, dass ich gerne dazu bereit wäre etwas zu ändern, wenn sie mit meiner Arbeit nicht zufrieden seien. Daraufhin kam nicht viel außer betretenem Schweigen. Da wurde mir klar, dass es nicht um meine Arbeitsqualität ging, sondern sie mich einfach loswerden wollten. Daraufhin hab ich unterschrieben und bin gegangen (OK, ganz so wars nicht, ich bin hinausgestürzt und war ziemlich fertig). Am nächsten Tag am Abend bin ich hin um meinen Spind zu räumen. Die anderen wussten noch gar nichts von meiner Kündigung, obwohl die Storemanagerin da war. Waren alle total fertig und meinten, das könne ja wohl nicht sein. Und somit war meine Starbucks-Karriere zu Ende.«

Ob smartie4 tatsächlich »grundlos« entlassen wurde, war wegen ihrer Anonymität nicht überprüfbar. Zweifellos aber glaubte sie am Anfang ihres Dienstverhältnisses an die freundlich formlosen

Floskeln von Howard Schultz und seiner sonnigen Starbucks-Firmenphilosophie (»hey ... moment mal, starbucks hat auch eine nette bedienung! come in & find out ...,« war damals im Dezember smartie4s Antwort auf einen der skeptischeren Leser-Kommentare unter meiner Starbucks-Story gewesen). Damit die Kunden wirklich das Gefühl haben beim Betreten einer Filiale – wo auch immer auf der Welt – ihr »persönliches« Stammcafé wiederzufinden, müssen die Baristas sich selbst mit diesem Mythos identifizieren und ihre Rolle leben. Laut einer von Starbucks Österreich in einer Presseaussendung zitierten Gallup-Umfrage geht es der Mehrheit der Kunden tatsächlich nicht hauptsächlich um den Kaffee, sondern darum Freunde zu treffen. Und vermutlich verstehen einige der Leute, die auf den Fragebögen der Meinungsforscher diese Option angekreuzt haben, unter jenen »Freunden« sogar die Baristas selbst. Diese Beziehung funktioniert, weil sie auf einer gegenseitigen Erwartungshaltung beruht. Hier geht es um die Erzeugung von Wohlbefinden durch einen vom Marken-Image bestimmten Verhaltenscode. Und wer mit einem Pappbecher mit dem Logo vorne drauf hinaus auf die Straße geht, nimmt dabei auch das so gewonnene Lebensgefühl gleich mit. Jeder weiß, dass Kaffee aus Pappbechern nicht sonderlich gut schmecken kann. Aber das ist eben nicht der Punkt.

JEDER WEISS, DASS KAFFEE AUS PAPPBECHERN NICHT SONDERLICH GUT SCHMECKEN KANN. ABER DAS IST EBEN NICHT DER PUNKT.

Zurück nach London: Vor nicht allzu langer Zeit bemerkte ich in der U-Bahn die Werbung eines Billigreisebüros, das die schnelle Flucht vor dem Alltagstrott versprach. Das Foto dazu zeigte verbiesterte Büromenschen, die entnervt durch eine Londoner Straße hetzen. Bei genauerem Hinsehen entpuppte sich jede einzelne Geschäftsfront im Hintergrund als die Auslage eines Coffeeshops. Wenn Werbeagenturen den Coffeeshop also bereits als allgemein verständliches Synonym für die Monotonie des Alltags verwenden, ist das Ende dieses Booms nicht mehr weit. Ich Depp hatte in meiner Arroganz wieder einmal angenommen, ich wäre der einzige in dieser Stadt, der die Usurpierung des Straßenlebens durch eintönige Kaffeeläden als Angriff auf seine Lebensqualität empfindet. Wenig später lief im Fernsehen jene Simpsons-Folge, in der Bart in einer Shopping Mall in Springfield einen Tätowierladen besucht. »Yeah, ya better make it quick, kids. In five minutes this place is turning into a Starbucks«, sagt der Tätowierer, und kaum hat Bart das Geschäft verlassen, besteht bereits das gesamte Einkaufszentrum nur noch aus Starbucks-Filialen. Natürlich gehören auch die Simpsons ihrerseits wieder ausgerechnet zu Rupert Murdochs Fox-Imperium, einem der aggressivsten Medienmultis, der Starbucks in Sachen Expansionswut um nichts nachsteht. Eine Ironie, die auch jenen unzähligen Web-Kolumnisten zwischen Amerika und Australien nicht entging, auf deren einschlägige Glossen ich stieß, nachdem ich auf der Suche nach obigem Originalzitat »simpsons bart starbucks« in die Suchmaschine eingegeben hatte. Starbucks ist also in Gefahr, zum Opfer der eigenen Strategie der Omnipräsenz zu werden. Einst zog die Kette in Gegenden, die als »up and coming« und damit zum schicken, bohémienhaften Image passend empfunden wurden. Mittlerweile hat sich diese Logik umgekehrt, die Ankunft von Starbucks fungiert sozusagen als soziales Gütesiegel eines Viertels, das von der wohlhabenden Middle Class erfolgreich kolonisiert worden ist. Mein Freund Huw etwa wohnt in West Hampstead, einer Gegend, die man getrost so beschreiben könnte. An der Hauptstraße gibt's zwar noch einen »Greasy Spoon« (So nennt man die typisch britischen Arbeitercafés, wo auf der Speisekarte nur diverse Variationen von Speck, Würstchen, Eiern und Bohnen in Tomatensauce zu finden sind.), aber daneben hat sich ein Starbucks platziert, in direkter Umgebung einiger anderer Coffee Chains. Der zum nagelneuen O2-Einkaufszentrum gehörende, benachbarte Supermarkt ums Eck hat neuerdings wiederum einen eleganten, gläsernen Anbau erhalten. Wer dort einkauft, kommt nun zwangsläufig direkt am darin untergebrachten Star-

EIN PLAKAT MIT DEM ANTLITZ VON CHÉ GUEVARA DRAUF, UND DANEBEN EINES MIT DER AUFSCHRIFT »GENTRIFY OR DIE«

bucks vorbei. (Und das obwohl in dem Komplex bereits mehrere Möglichkeiten zum Kaffeetrinken bestehen.) Wenn er die West End Lane entlang geht und dort in der Auslage Leute sitzen sieht, denen um halb zehn an einem Samstagabend offenbar nichts anderes einfällt, als bei Starbucks herumzuhängen, dann findet Huw das »wirklich traurig«. Plötzlich also dekodiert sich der als jugendlich hip gedachte Name Starbucks als Symbol einfallsloser, bürgerlicher Tristesse.

Ein paar Meilen südwestlich von West Hampstead liegt der von Hollywood Ende der Neunziger im gleichnamigen Film auf so üble Weise fehlrepräsentierte und seither von Scharen amerikanischer Touristen heimgesuchte Stadtteil Notting Hill. Das obere Ende der sich als Hauptader durch das Viertel ziehenden Portobello Road wird von einer U-Bahnbrücke gekreuzt, auf die jemand ein Plakat mit dem Antlitz von Ché Guevara und daneben eines mit der Aufschrift »Gentrify or die« affichiert hat. Nördlich dieser Brücke liegt jener entlegenere Teil von Notting Hill, der sich der Umwandlung in einen Themenpark urbanen Trendsettertums bis vor kurzem noch erfolgreich verweigern konnte. Zusehends scheint die Demarkationslinie der gentrifizierten Zone aber bereits ein paar Häuserreihen weiter über den Westway hinaus vorgedrungen zu sein. Die Positionen der in ein hoffnungsloses Rückzugsgefecht verstrickten örtlichen »ethnischen Minderheiten« haben sich weiter nördlich jen-

seits der gelben Ziegelmauern an die nächste Querstraße, die Golborne Road, verlegt. Portugiesische Bäckereien stehen dort neben afrikanischen Lebensmittelgeschäften, manche der Marktstände verkaufen billiges Obst und Gemüse, andere gestohlene Mobiltelefone und das Parken kostet ungefähr ein Zwanzigstel davon, was man in den besseren Viertel Westminsters berappen muss. In einem kleinen Geschäftslokal auf der Golborne Road haust seit Jahren das Büro von Geoff Travis und seiner Plattenfirma Rough Trade. Als Travis 1976 weiter südlich in der mittlerweile völlig versnobten Kensington Park Road seinen ersten kleinen Plattenladen aufmachte, gehörte er damit zu jenen alternativen Kleinunternehmern, die zwischen besetzen Häusern, Straßenparties und gesetzlosen Soundsystems die richtige Kundschaft vorfanden und selbst einen wertvollen Beitrag zum Leben der Community lieferten. Als essenzieller Plattenladen war Rough Trade nicht nur das Ziel so mancher Pilgerfahrt aus der Provinz, die schließlich im Bezug einer Wohngemeinschaft in Notting Hill endete, sondern vor allem einer der wichtigsten Angelpunkte der entstehenden Londoner Punk-Szene. Doch ohne es zu wollen diente auch diese – damals kaum als Brutstätte des Establishments erkennbare – Bohéme im Endeffekt der Erschließung eines von karibischen Einwanderern dominierten Viertels als neue Wahlheimat der den Hipstern zwangsläufig nachdrängenden Bourgeoisie. Die Golborne Road, wo sich Geoff Travis inzwischen mit seinem Label und seiner Management Company verschanzt hat, bietet nunmehr die letzte Zuflucht vor den immer weiter nach Norden vordringenden Schnöseln und Spießern. Und nicht zufällig macht Travis sein persönliches Verharren an der Gentrification-Front ausgerechnet von der Ankunft einer gewissen Coffeeshop-Kette abhängig: »Im Moment fühlen wir uns hier noch wohl. Aber sobald einmal gegenüber Starbucks einzieht, wird es für uns Zeit was Anderes zu suchen.«

YEAH, YA BETTER MAKE IT QUICK, KIDS. IN FIVE MINUTES THIS PLACE IS TURNING INTO A STARBUCKS

Das von Travis‹ Firma seit Anfang der Neunziger abgekoppelte Rough-Trade-Plattengeschäft ein paar hundert Meter weiter südlich in einer der Seitengassen der Portobello Road hat indessen letztes Jahr eine Verdreifachung der Mietkosten mit Ach und Weh gerade noch überstanden. Das drohende Ende ist dort bereits unzweifelhaft absehbar: Starbucks ist nur mehr einen Häuserblock weit entfernt ...

>> DIE WAHRHEIT IST NIRGENDWO DA DRAUSSEN: DIE PARANOIA WIRD MEHRHEITSFÄHIG

Von Thomas Edlinger

>> WIE DER 11. SEPTEMBER 2001 GEZEIGT HAT, VERWIRKLICHT SICH IM NETZ NICHT NUR DER TRAUM VON EINER VERVIELFÄLTIGUNG DEMOKRATISCHER GEGEN- UND TEILÖFFENTLICHKEITEN, SONDERN AUCH DER ALBTRAUM DIGITALER KETTENBRIEFE, DIE UNTER DEM DECKMANTEL DES GEHEIMWISSENS DUBIOSE BOTSCHAFTEN IN DIE WELT STREUEN.

Das Konzept einer dezentral organisierten Gegenöffentlichkeit, die »Multitude« der vielen Stimmen der »Internetgeneration« verschaffte sich in Österreich vor allem im Gefolge der schwarzblauen Regierungsumbildung im Februar 2000 Gehör. Der offiziösen Sprache der Macht und ihren medialen Instrumenten wurden nicht nur eigene Inhalte, sondern vor allem auch eigene Szenemedien entgegengesetzt. Entscheidend für die meinungs- oder urteilsbildende Wirkung dieser Gegenöffentlichkeit waren neben Gegeninformation und -analyse auch die ihr zugeschriebene moralische Überzeugungskraft.
Im nicht kommerzialisierten Teil des Netzes schreiben in der Regel keine interessensgeleiteten Redakteursknechte für zwielichtige Medienmogule. Kritische BeobachterInnen des Geschehens sind zu nichts anderem verpflichtet, als ihrer Wahrheit zum Durchbruch zu verhelfen. Diverse neue Netzforen und Publikationen wie »MUND«, »Prairie« oder »Malmoe« bezeugen dies. Sie schließen auch die Lücken der regionalen Bedürfnisse, die großflächig ausgerichtete internationale News-Pools wie »nettime,«

»telepolis« oder »indymedia« offen lassen. Doch dieser neue Glaube an Authentizität kann sich auch als Aberglaube entpuppen, das bewies der 11. September 2001. Wenige Tage nach dem Terroranschlag setzte das große Geraune im Netz ein. Diverse Deutungen, Antworten, Lösungen wetteiferten um die Meinungshoheit über Stammtische und Denkerstuben. Wer erinnert sich nicht an die Teufelsfratze von Osama Bin Laden in den Rauschschwaden des WTC oder an die Totenkopf-Übersetzung der Flugnummer? Jedenfalls blühte der Unsinn. Paranoia feierte fröhliche Urständ – genauso übrigens wie die Zunft der Fälschungsjäger.

ALLE HÄTTEN ES GEWUSST, NUR DIE WESTLICHEN MEDIEN OFFENBAR NICHT - ODER NOCH SCHLIMMER: SIE HÄTTEN ES VERSCHWIEGEN.

Eine zufällige Begegnung im Zug, wenige Wochen nach dem Anschlag auf das World Trade Center im September 2001: Eine seit Jahrzehnten in Österreich lebende Tunesierin pries die Vorzüge der laizistischen Orientierung des tunesischen Staates, ereiferte sich über grassierende Verschwörungstheorien und die mangelnde Rationalität in den laufenden politischen Debatten um dann bruchlos von »dem« Medienskandal dieser Tage zu sprechen zu beginnen. Alle hätten vom geplanten Anschlag gewusst, nur die westlichen Medien offenbar nicht – oder noch schlimmer: Sie hätten es verschwiegen. 4000 Juden wären am 11. September nicht zur Arbeit in den Twin Towers erschienen, nur die selbstverständlich mehrheitlich jüdischen Reporter wären Minuten nach dem Anschlag zur Stelle gewesen – ganz so, als ob sie davon schon vorher vom Auftraggeber, dem israelischen Geheimdienst Mossad, informiert worden wären.

Am 17. September 2001 wurde dieses Konstrukt laut eines »Spiegel«-Artikels von dem libanesischen Fernsehsender Al-Manar, der sich auf seiner Homepage offen zur »psychologischen Kriegsführung gegen den zionistischen Feind« bekennt, in die mediale Umlaufbahn gehievt. Später fand es sich in der US-Netzzeitung »Information Times« wieder und pflanzte sich in unzähli-

NYC in »Wingdings« >>

gen E-Mail-Versionen fort. Am 18. Oktober schließlich zitierte das US-amerikanischen Magazin »Newsweek« eine von Gallup International durchgeführte Umfrage in Pakistan. 48% der Pakistanis glaubten demnach, dass Israel hinter den Anschlägen auf das World Trade Center stünde. 25% glaubten an eine inneramerikanische Verschwörung, 12% hielten Osama Bin Laden für den Auftraggeber der Anschläge.

So kann Massenskepsis in Massenglauben umschlagen. Der neu bekräftigte Glaube basiert paradoxerweise auf massentauglich gewordenem Misstrauen, dem »Verdacht«, wie der Kulturphilosoph Boris Groys den Antrieb nennt, der uns die mediale Zeichenproduktion hinterfragen läßt. »Don't trust anybody!«, heißt es nicht nur in der Akte X und bei Descartes. Dieser fundamentale Verdacht geht über den mittlerweile geläufigen Zweifel an der Abbildfunktion medialer Bilder weit hinaus. Verdächtigt werden nicht nur manipulative oder propagandistische Techniken, die Wahrhaftigkeit von Bildern und ihre politische Instrumentalisierbarkeit, sondern vor allem die verborgenen Motive und Hintergründe ihrer Produktion. Warum werden wir wann welchem Bild, oder allgemeiner, welchem Zeichen ausgesetzt?

Die Anschläge vom 11. September bieten einen paradigmatischen Projektionsraum für die Verschwörungstheorie, »die einzige Theorie, die unser reales Verhältnis zur medialen Welt beschreibt« (Boris Groys). Warum? Mehrere Kriterien erscheinen mir relevant:

1. der Überraschungseffekt (die Anormalität, die normalisiert werden muss)
2. die Dimension des Schreckens (je erschütternder die Tat, desto glaubwürdiger scheint der paranoide Blick auf den Ausnahmezustand)
3. die dem Terror notwendig innewohnende Medialität (ohne Medienverbund wäre er nicht mehr als ein gewöhnliches Verbrechen).

Zunächst ist in Erinnerung zu rufen: Die Attentate trafen die Weltöffentlichkeit völlig unvorbereitet. Heute, nachdem die Maschi-

<< NYC in »Webdings«

nerie der Interpretationen läuft und das Schockhafte des Ereignisses verdaut erscheint, ist dieser Überwältigungseffekt längst verpufft. Niemand spricht mehr ernsthaft davon, dass nach dem 11. September alles anders geworden sei. Gerade das zunächst Unfassbare des Terrors machte den Schwall an nachträglichen Rationalisierungsleistungen und Deutungen auf der Basis von Veschwörungstheorien offenkundig. Die Bilder der brennenden Wolkenkratzer stellen Medien-Ereignisse par excellence dar, in denen mediale Inszenierung mit dem vielzitierten »Einbruch des Realen« zusammenfällt. Die schockhafte Monströsität der scheinbar unmittelbaren Evidenz der Bilder gemeinsam mit der allzu raschen Schuldzuweisung an die 18 Attentäter begünstigte paranoide Lesarten. Diese gaben vor, mit der kollektiv empfundenen Komplexität der Welt (die sich ja tatsächlich hinter der simplen Tat verbirgt) und einer spätestens seit dem Golfkrieg mainstream-tauglich gewordenen Medienskepsis Schritt halten zu können. Der paranoide Blick bietet sich als der einzig kritische und nicht manipulierte an. Er vertraut nicht der offiziellen Sprache der Macht, die immer lügt, sondern untersucht sie systematisch nach ihren Fehlleistungen. Die Arbeit der parawissenschaftlichen Verschwörungstheorie erinnert daher sowohl an die Spurensuche des Detektivs als auch an die des Psychoanalytikers. Beides Professionen, die auf Autonomie und Unbestechlichkeit pochen.

Die vielfältig wuchernden Verschwörungstheorien haben zumindest eines gemeinsam: Sie sehen in singulären Ereignissen weniger Brüche als Kontinuitäten, Fortsetzungen der immer schon ablaufenden Verschwörung mit anderen Mitteln. Deshalb kommt die Mär von den 4000 nicht zur Arbeit erschienen Juden nach wenigen Wochen wieder in dem ideologischen Raum an, der sie erzeugt hat. Deshalb verfallen viele andere in den ewig gleichen Dogmatismus zurück, der die Wahrnehmung gegen die Wirklichkeit abdichtet. Der Übervater CIA/Pentagon/ Mossad/USA/Israel selbst war es, weil er es immer schon war. Nur die Opfer wechseln. Dieses Mantra der Selbstviktimisierung ist, wie die Verbreitung der paranoiden Legenden über den 11. September nahelegt, nicht nur von institutionalisierten, hierarchischen Medien, sondern vor allem von der dezentralen Kettenbrief-Demokratie des Internets verstärkt worden. In gewisser Weise ist das Internet in seinem unendlichen Verweis-Charakter sogar das Leitmedium der Verschwörungstheorie schlechthin: Es gibt immer noch einen Link dahinter. Die Wahrheit ist immer da draußen – im Netz. Also ist sie nirgendwo, also kann man sich seine eigene (er-)finden.

Bildfälschung aus dem Internet >>

Und noch etwas zeigt das Netz: Die Popularisierung von Paranoia muss nicht zwangsläufig, wie manchmal mit Hinweis auf Analphabetismus, mangelnde Bildung oder unterentwickelte Medienfreiheit etwa in Pakistan argumentiert wird, einem von oben verordneten Verblendungszusammenhang geschuldet sein, der die Adepten immer auch zu Opfern ihrer medialen Inkompetenz degradiert. Sie kann auch Resultat eines zynischen Bewußtseins sein. Mit dem slowenischen Philosophen Slavoj Žižek könnte man behaupten: Sie wissen, was sie tun, und sie tun es trotzdem.

Kompliziert wird die Angelegenheit allerdings dadurch, dass tatsächlich allerortens Verschwörungen im Spiel sind. Höchstwahrscheinlich waren auch die mutmaßlichen El-Quaida-Attentäter ein Teil einer solchen. Ganz sicher sogar arbeitet der CIA in eben diesem Moment eine andere aus. Am 19. Februar 2002 etwa konnte man in der gewöhnlich gut informierten »New York Times« nachlesen, dass das US-amerikanische Verteidigungsminsterium die gezielte Lancierung von Falschmeldungen als Teil des globalen »Info-War« plane. Jetzt ist die einzige Militärmacht mit globalem Dominanzanspruch offenbar bereits an dem Punkt angelangt, an dem Desinformation und andere Machenschaften der Geheimdienste gar nicht mehr geleugnet, sondern – zynischerweise muß man sagen, dank des Terrors – offen zur Schau gestellt werden kann. Was also wirklich wem glauben?

»Die Frage ist nicht, ob du paranoid bist, sondern ob du paranoid genug bist«,

... meint der amerikanische Romancier Thomas Pynchon. Seine virtuose, tausende Seiten umfassende Darstellung der Hermeneutik als paranoide Kunst weist auf die prinzipielle Unabschließbarkeit einer subversiv gewendeten verschwörungstheoretischen Weltwahrnehmung hin. Heute erscheint die Anfälligkeit auf mehrheitsfähige paranoide Konstruktionen höher denn je. Viele Menschen wähnen sich in einem ideologiefreienSchwebezustand, in dem »politische Präferenzen und Entscheidungen eigentlich bedeutungslos und praktisch unmöglich sind,« so die Politologin und Paranoia-Forscherin Jodi Dean. Produktives Wissen könne aus dem Verdacht wohl nur dann entstehen, wenn der darin artikulierte, vorgebliche Befreiungsakt von ideologischer Indoktrinierung einen notorisch nomadischen Charakter beibehält und sich gegen eine Verpflichtung auf neue (alte) Gewissheiten sperrt.

In Pynchons Prosa ist freilich selbst dieser Wille zum Gegenwissen blockiert. Die Energie dafür endet dort, wo die Macht beginnt. In Pynchons Roman »Die Enden der Parabel« findet sich die Geschichte von »Byron, der Glühbirne«, eines intellegiblen, zum Leben erweckten Industrieprodukts. Byrons jahrelanger Kampf gegen die Machenschaften des internationalen, verschwörerischen Glühbirnenkartells endet so:

»Sein ungestümer Jugendtraum, die Vereinigung der Birnen aller Länder, scheint jetzt unmöglich – das Netz ist weit offen, alle Botschaften können abgehört werden, es sitzen genügend Verräter draußen in den Leitungen. Byron, während er weiterbrennt, erkennt mehr und mehr von diesem Muster. Er lernt, wie man mit anderen elektrischen Geräten, in Haushalten, in Fabriken, auf den Straßen, Verbindung aufnimmt. Alle haben sie ihm etwas zu erzählen. Eines Tages wird er alles wissen – und doch so machtlos sein wie zuvor.«

>> WAS NICHTS KOSTET, IST NICHTS WERT? DER FREIE MARKT AN DEN ÖSTERREICHISCHEN UNIS

Von Veronika Weidinger

>> DIE REGELN DES FREIEN MARKTES HALTEN AUF DEN ÖSTERREICHISCHEN UNIS EINZUG. LEISTUNGSSTEIGERUNG IST DER PLAN, DIE FRAGE DER LEISTBARKEIT TATSACHE. EINDRÜCKE UND STANDPUNKTE ÜBER STUDENTISCHE LEBEN MIT STUDIENGEBÜHREN.

Hat sie sich mittlerweile gelegt, die Aufregung um die Studiengebühren? Oder warum sonst kommt in diesen Tagen unter den MitstudentInnen nur mehr selten die grundsätzliche Frage nach dem Warum der Studienbeiträge auf? Vielmehr werden Beschwerden laut. Einige Beispiele: Es gibt die Einrichtung von »Sprechstunden«, doch die gestalten sich als Monologe, wenn der/die Lehrende wieder mal fehlt. Zeugnisse werden zwar ausgestellt, aber oft nicht rechtzeitig. Der Kollaps naht im Hörsaal, wenn man nämlich a) keinen Platz und b) zu wenig Luft hat, weil zu viele, denen es genauso geht, da sitzen; gesessen wird übrigens nur im Idealfall.

Und dann wären da noch andere Kleinigkeiten, wie etwa das ausgefeilte System der Uni-Bürokratie, das im Zusammenspiel mit bescheiden bemessenen Öffnungszeiten diverser Uni-Einrichtungen eine Prüfungsanmeldung oder Datenänderung zum Spießrutenlauf werden läßt. Essentielle Unannehmlichkeiten entstehen, wenn auf Uni-Toiletten zwar eine Rolle vorhanden ist, das Papier aber fehlt ... Diesen Schilderungen des studentischen Alltagslebens schließt sich eine Frage an, nämlich die: warum ATS 5.000,- zahlen für ein »Service« wie dieses?

Diese Überlegung ist nicht unberechtigt, zumal der Studienbeitrag für viele wirklich keine lockere Ausgabe ist und jedes andere Dienstleistungsunternehmen mit diesem Verständnis von Preis-Leistungs-Verhältnis pleite gehen würde ... Diese Argumentation erinnert jedoch stark an die Rhetorik des Bildungsministeriums, wenn es um die anstehende Unireform geht: Unis sollen in »Unternehmen« umgewandelt werden, in denen Studierende sowohl MitarbeiterInnen (Forschung) als auch KundInnen (Lehre) sein sollen. Lässt man sich auf eine derartige Debatte über Leistung und Gegenleistung ein, redet man dem Ministerium das Wort. Doch ist nicht das eigentliche Debakel am Ereignis »Studiengebühren« die Sache an sich?

Diesen Eindruck hatte ich zumindest an jenem historischen Dienstag, dem 19. September 2000. Schon in der Nacht davor war in der ZIB3 die bevorstehende Einführung von Studiengebühren angedeutet worden. Hektisches Mailen mit dem/der einen oder anderen StudierendenvertreterIn beginnt, kaum jemand will schon davon gehört haben, doch irgendwann in der Nacht ist eine erste APA-Meldung dazu zu lesen. Nach dem dienstäglichen Ministerrat bestätigen sich die Vermutungen endgültig: die Einführung von Studiengebühren in der Höhe von ATS 5.000,-. Zur selben Zeit zieht schon die erste Spontan-Demo empörter Studierender durch die Wiener Innenstadt, schnell sind Slogans gefunden und ein heißer Herbst angekündigt.

WÄRE DIE FREIE BILDUNG ES NICHT WERT GEWESEN, DEN VERLUST EINES SEMESTERS ZU RISKIEREN?

Der »Widerstand« formiert sich rasch, obwohl kaum jemand mit einer so raschen Einführung der Studiengebühren gerechnet hat. Die zuständige Bildungsministerin Gehrer hatte ja seit ihrem Amtsantritt im Februar 2000 die Frage danach mit einem milden aber bestimmten Lächeln verneint. Das »Grundstudium«, so hatte sie im Juli relativiert, müsse frei bleiben. Wenn Studiengebühren eingehoben würden, dann eventuell bei Senior-Studentinnen oder für Mehrfachstudien. Bundeskanzler Schüssel schien ganz auf ihrer Seite zu sein. Doch das Motto »speed kills« hat wohl dazu beigetragen, so kurzfristig und unangekündigt diese »bildungspolitische Maßnahme« zu setzen, nämlich zu einem Zeitpunkt, als auf den Unis Ferien waren.

Studiengebühren sind das hot topic am Beginn des Wintersemesters 2000/01. Aktionistische Einlagen, Diskussionen und allwöchentliche Demonstrationen werden organisiert. Am 11. Oktober wird ein Aktionstag abgehalten, an dem sich nicht nur am Wiener Ring, sondern österreichweit Tausende zahlungsunwillige Studierende versammeln. Betroffene, aber auch solche, die bzw. deren Eltern sich die Gebühren leisten könnten, lassen ihre Vorlesungen an diesem Tag Vorlesungen sein. Gemeinsam mit solidarischen Lehrenden und Rektoren demonstrieren sie gegen die Einführung des »Studienbeitrags«.
Es scheint um Grundsätzliches zu gehen. Das Recht auf Bildung soll frei bleiben – eine demokratiepolitische Errungenschaft aus den frühen Siebzigern (unter Kreisky wurde der gebührenfreie Universitätszugang geregelt) ist in Gefahr. Aktionistisch wird die freie Bildung auf einer Krankenbahre abtransportiert oder gar zu Grabe getragen. Und der damalige ÖH-Vorsitzende Martin Faißt, er gehört der ÖVP-nahen Aktionsgemeinschaft an, setzt noch eins drauf: »Studiengebühren – nur über meine Leiche.«

Martin Faißt lebt noch. Vielleicht zählt auch er zu jenen Uni-Absolventen, die ihr Studium noch schnell zu Ende gebracht haben, bevor's ans Eingezahlte gegangen wäre. AugenzeugInnenberichten zufolge stapeln sich nämlich bei Sponsionsfeiern Jungakademiker in nie gekanntem Ausmaß. Statistiken bestätigen dies: Seit der Einführung der Studiengebühren im Wintersemester 2000/01 haben rund 6,6% mehr als im Jahr davor ihr Studium erfolgreich beendet. Man kann kaum annehmen, dass deren Lebensplanung in Sachen Studienabschluss nur zufällig mit der Einführung der Studiengebühren zusammenfällt. Selbiges trifft wohl auch auf jene rund 50.000 Studierende zu, die sich mit Wintersemester 2001/02 von ihrer Uni verabschiedet haben.

Also bestätigende Erfolgsmeldungen? Der nötige Arschtritt für jene, die ohnehin nur »Karteileichen« waren, aber auch für die, die sich bis dahin zuviel Zeit gelassen haben?

Fakt ist: Der vorwiegend von Studierenden getragene Protest gegen die Einführung der Studiengebühren konnte in seiner anfänglichen Heftigkeit nichts erreichen. Angekündigte Streikmaßnahmen stören nicht, wenn der Boykott nicht von allen getragen wird und bestenfalls einen Tag andauert. Aber auch Uneinigkeiten innerhalb der Interessensvertretung, der österreichischen HochschülerInnenschaft, haben einen breiten Protest verhindert. Wenn nämlich der Vorsitz der ÖVP nahe steht, wird es schwierig eine der »Mutterpartei« gegenläufige Position zu beziehen. Durch die ÖH-Wahl im Mai 2001 sind die Machtverhältnisse in der ÖH andere geworden: Drei linke Fraktionen (Grüne & Alternativ StudentInnen, Verband Sozialistischer StudentInnen und der Kommunistische StudentInnen Verband) stellen gemeinsam die Vorsitzenden, deren erstes Ziel ein Boykott der Studiengebühren ist. Doch auch dieser wird verhindert, weil sich weder eine dafür nötige Bank noch ein Notar bereit erklärt, den Boykott mitzutragen. Die Frage bleibt, ob überhaupt der Großteil der Studierenden mitboykottiert hätte? Oder wäre die freie Bildung es etwa nicht wert gewesen den Verlust eines Semesters zu riskieren?

Das Anfang 2001 von der ÖH initiierte Bildungsvolksbegehren haben im November 2001 rund 175.000 Österreicherinnen und Österreicher unterzeichnet. Eine der Forderungen lautete: »Für die Abschaffung der Studiengebühren«. Weil eine breitere Plattform dieses Volksbegehren mitgetragen hat, lässt sich annehmen, dass nur ein Bruchteil der UnterzeichnerInnen Studierende waren. Weitere Protestmaßnahmen sind wohl kaum zu erwarten. Die Zeiten, in denen es egal war, ob nun ein Semester mehr oder weniger studiert wird, sind – für viele – vorbei. Vielmehr gilt es, sich per »McJobs« über Wasser zu halten, oder sich mittels Stipendien und Beihilfen »durchzubringen«. Damit vermehren sich die Hürden überhaupt zu studieren. Längerfristig ist ein weiterer Rückgang der Studierendenzahlen zu erwarten – ist es nun Jugendlichen aus unterschiedlichsten sozialen Backgrounds doch nicht mehr so leicht möglich die Uni zu besuchen. Ein Backlash kann sich aber speziell auch beim Anteil der Studentinnen bemerkbar machen, nämlich dann, wenn Familien – ganz traditionell – eher Söhnen als Töchtern eine kostspielige Ausbildung zukommen lassen.

Gehören Streiks à la 1996 – damals machten Studierende gegen massive Einsparungsmaßnahmen mobil – der Geschichte an?

Mit der Einführung der – im europäischen Vergleich niedrigen – Studiengebühren wurde die Umstrukturierung der Universitäten, die Unireform, sozusagen »von unten« begonnen. Das Studium hat nun (s)einen Preis, wenngleich sich erwartungsgemäß qualitativ – noch – nichts verändert hat. Was fast 30 Jahre lang frei, aber nicht gratis war, kostet nun – und damit viele die Chance zur Weiterbildung. Die Logik des Marktes hält an den Unis Einzug, aber das stört – bisher – nicht grundsätzlich. Formiert sich nicht bald Kritik und Protest, könnte es sich als Mär entpuppen, Studierende seien zum Großteil politisierte Menschen. Solche, für die Grundrechte – wie eben das auf freien Bildungszugang – mehr zählen als das eigene Fortkommen mit dem Ziel auf einen baldigen Abschluss und in der Folge einen gelungener Einstieg in den Arbeitsmarkt, wo dann, was nichts kostet, auch nichts wert ist.

Können Sie auch was anderes spielen?
Ö1 zB, da kommt um 21 Uhr ein interessantes Feature über Gorgonzola
Dudel

DER TOD IST EIN MEISTER AUS
SEIBERSDORF.

>> IM SUMPF

IM SUD: KOCHREZEPTE VOM HOFE DES FÜRSTEN DER FINSTERNIS

Von Thomas Edlinger und Fritz Ostermayer

>> UNSERE »SATANISTISCHE KOCHNISCHE FÜR DAS HARDCORE-SCHWEIN IN EUCH«. GUTBÜRGERLICHES KÜCHENGEPLAUDER TRIFFT HIER AUF SEKTIERERISCHE GEHEIMNISKRÄMEREI, EINGEFORDERTE TISCHMANIEREN AUF TODESMETALLENES SAURAUSLASSEN UND BIEDERE GASTLICHKEIT AUF ABWEISENDEN SATANSKULT.

Das alles ist nicht neu (auch wir lieben die Adams Family!), aber es bereitet uns ein grosses Vergnügen von sogenannter »high culture« umstandslos ins grindig Triviale zu fallen. Und uns dort zu suhlen ...

MAÎTRE ROTZFOTZ: Heil Satanos und herzlich willkommen im Sud, Ihr verfluchten Leichenschänderinnen und Leichenschänder in der Gefolgschaft des allmächtigen Bockfüßigen. Gestärkt von vandalistischen Friedhofs-Exzessen inklusive Grabräubereien und In-Urnen-Urinieren melden wir uns an den Herd zurück – ich, Maître Rotzfotz, mein treuer Gehülfe Tollkirsch – und nicht zu vergessen: Count Saurüssel, unser braver Sommelier und Kirchenanzünder aus dem schönen Poysdorf.

TOLLKIRSCH: Möge uns der große Malefik auch in diesem Jahr der Steißgeburt zu köstlichster Kulinarik inspirieren! Möge Mephisto uns beistehen, wenn wir unsere okkulten Würste in bestialischen Senf tauchen, wenn wir uns in fleischlicher Unzucht über eine Schüssel Kotkrapferl hermachen und auch, wenn wir mit unserer neuen Krenreibe zur Christenverfolgung schreiten.

Anti-Halleluja! Anti-Halleluja!

MAÎTRE ROTZFOTZ: Mein guter Tollkirsch – immer am Beten! Doch die Pflicht ruft! Unser Briefkasten ist prall gefüllt mit Euren Anfragen, Nöten und Bitten um den Gnadenschuss. Ein Im-Sud-Stammhörer – er nennt sich »das letzte Biest am Himmel« – klagt zum Beispiel über Gewichtsprobleme: Seit er unsere diabolischen Menüs zu Hause nachkoche, habe er bereits 20 Kilo zugenommen, sodass er nicht mehr in seine schwarze Kutte reinpasse. Auch würden ihn befreundete Satanisten schon hänseln und ihm Spottworte wie »Dompfaff« oder »Krennlein« zurufen, sobald er sich bei einer Orgie blicken ließe. Er, das letzte Biest am Himmel, sei bereits so zermürbt, dass er sogar einen Kirchenaustritt aus der Gemeinschaft der Unheiligen in Betracht ziehe, sollten wir ihm diesbezüglich nicht helfen können.

TOLLKIRSCH: Liebes letztes Biest am Himmel! Es ist fürwahr eine Schande, wenn wir Satanisten dem christlichen Feind – was Leibesfülle und Bauchumfang anlangt – immer ähnlicher werden! Es ist schrecklich mit ansehen zu müssen, wie kläglich eine sexuelle Ausschreitung im Rahmen einer Schwarzen Messe oft scheitert, weil dem Ausschreiter vor lauter Fettleibigkeit bereits beim Auspeitschen des Opfers die Puste ausgeht! Oft kommt es dann gar nicht mehr zur Deckung der Jungfrau, weil der Decker seine Rute in den Fleischmassen nimmer findet! So kann es tatsächlich nicht mehr weiter gehen, aber muss deswegen die Lösung gleich »Enthaltsamkeit« heißen? Oder gar »Fasten«? Beim großen Infernalikus – Nein! Liebes letztes Biest am Himmel, auch wir – mein Meister Rotzfotz und ich – waren ständig mit dem Problem Übergewicht konfrontiert und lagen damit unserem Count Saurüssel so lange in den Ohren, bis er unser Jammern nicht länger ertragen konnte und zur Problemlösung schritt: Der Count eröffnete im schönen Weinviertel ein Ungesundheitszentrum, eine sogenannte Anti-Wellness-Farm, gleich neben dem Anwesen seines Erzfeindes Willi Dungl. Dort verbringen wir nun fast jedes Wochenende, weil uns Saurüssels Entschlakkungskur nicht nur zutiefst unmenschlich erscheint, sondern obendrein auch noch wirkt! Seine Abmagerungskur ist so einfach wie effektiv: Man darf schlemmen, was und soviel man will, sofern man nur jeden Bissen mit einem Stamperl Schnaps runterspült. Merke, liebes letztes Biest am Himmel: ein Stamperl nach JEDEM Bissen, nicht nur zwischen den einzelnen Gängen! Du kannst dir sicher gut vorstellen, dass wir uns bei einem 5-gängigen Menü da schon beim Hauptgang die Seele aus dem Leib kotzen! Und mit der Seele auch gleich den gesamten Mageninhalt samt benachbarten Innereien. Mit Bulimie hat diese Abmagerungskur trotzdem nichts gemein: Saurüssels Diät beruht allein auf Lasterhaftigkeit und einer gewaltigen »Ökonomie der Verschwendung«. Nach zwei Tagen Ungesundheitszentrum fühlen wir uns jedenfalls so wunderbar hundsmiserabel, dass wir als Krönung unseres Kuraufenthalts immer zum Erzfeind Dungl rüber wanken um dort irgendwelche rekonvaleszenten Sportler zu verdreschen.

> WIE KLÄGLICH, WENN DEM SEXUELLEN AUSSCHREITER VOR LAUTER FETTLEIBIGKEIT BEREITS BEIM AUSPEITSCHEN DES OPFERS DIE PUSTE AUSGEHT!

MAÎTRE ROTZFOTZ: So beschaulich wir hier auch beisammen sitzen, vor Sport- und Christenhass dürfen wir aber nicht unsere eigentliche Mission vergessen: das Heben des kulinarischen Standards verkrätzter Black-Metal-Gourmets. Womit wir auch schon bei unserem heutigen Rezept wären: Tiefgefrorenes Gemüse als Zungenfalle und Wunderwaffe – ein kleines Vegetarismus-Special.

TOLLKIRSCH: Von welchem Gemüse reden wir? Natürlich nur vom delikaten Riesenkürbis, mindestens doppelt so groß wie ein Medizinball, aber dank Genmanipulation dreimal so schwer. Und das freilich im nicht gefrorenen Zustand – denn: Wir KAUFEN keine tiefgefrorenen Produkte, wir frieren sie uns selbst ein – ganz im Sinne unseres satanistischen »Kochens von hinten nach vorn«. Nachdem ich ein solches Monstrum aus dem Forschungszentrum Seibersdorf entwendet habe, lege ich es zwei Tage lang in eine Marinade aus Trockeneisnebel und Eisvogelkot und dann ab mit dem Bröckerl ins nächstbeste Leichenschauhaus. Eine Woche soll es dort ruhen zwischen all den Opfern von entmenschten Triebtätern und blau werden wie seine starren Nachbarn. Nach dieser Inkubationszeit des Todes holen wir den Kürbis wieder heim und lassen ihm eine endgültige Schockgefrierung zuteil werden, indem wir ihn zu den frostigen Klängen eines gregorianischen Chorals auf das Obszönste sodomieren ... will sagen: penetrieren ... soll heißen: entehren ... ich meine: kalt anschnauzen! Eiskalt demütigen, den Kürbisarsch ... Derart geschockt und gefroren ist das Scheißgemüse reif für den Verzehr. Als Kürbiseis-Sourbet an elevierendem – also leicht über dem Teller schwebendem Schlagobers – und gespickt mit heidnisch tätowierten Hohlhippen. Aber Obacht beim Schlecken, Ihr vegetarischen Diener Mephistos: Nur allzu leicht bleibt man mit der Zunge am Eisblock picken! Dann hilft nur noch das Küchenmesser zum Spitzelabschneiden, will man sich nicht gleich die ganze gottlose Zunge aus dem Rachen reißen!

MAÎTRE ROTZFOTZ: Besser, Ihr macht es wie wir: Verzichtet auf den Gemüsegenuss und verwendet die steinharte Riesenkürbiskugel lieber als Fallobst. Wie wir unlängst, als die Heiligen Drei Könige bei uns Einlass begehrten um unseren schönen Türstock mit ihren ekelhaften Graffitis zu beschmieren. Ich rief ihnen noch vom zweiten Stock aus zu: »Achtung, Fallobst«, doch die drei Gimpeln sangen nur blöd zurück: »Folget, ihr Hirten, dem Stern von Bethlehem«. Da wurde es mir zu bunt und ich gab den Warnruf als Befehl: »Gemüse fällt!« ... Was soll ich sagen: Drei auf einem Streich! ... Der Tod ist ein Meister aus Seibersdorf.

TOLLKIRSCH: Sollen sie froh sein, die Heiligen Drei Nervensägen, dass wir sie nicht gevierteilt haben wie ihre Kollegen im Vorjahr. So kommen sie wenigstens nur zerquetscht in den Himmel. Uns aber gelüstete nach diesem kulinarischen Kahlschlag nach einer ordentlichen Ketzerknackwurst in Essig und Öl. Motoröl, eh klar. Am besten aus den Maschinen norwegischer Hells Angels. Dazu kredenzte uns Count Saurüssel das superbe Tröpferl »Teufelsbuhlschaft«, einen Liebestrank, der so geil macht, dass man es am liebsten sofort in einer Schlangengrube treiben möchte. Mit allen 300 Huren der Apokalypse! Was für ein infernalisches Hodendonnern und Samengewitter!!

MAÎTRE ROTZFOTZ: : Freut Euch mit uns schon jetzt auf das Kulinarium der kommenden Woche, wenn es dann heißt:

TOLLKIRSCH: Abort Spezial ...

MAÎTRE ROTZFOTZ: Mit teuflischen Abführspeisen scheißen wie ein Einser!

Tollkirsch & Maître Rotzfotz >>

HOMEBASE:

FM4 von innen

EIN RADIOSENDER IN BUCHFORM KANN NATÜRLICH NICHT KLINGEN, ABER DAFÜR JENE ART VON VERWORRENEN, ABER WESENTLICHEN HINTERGRUNDGESCHICHTEN PRÄSENTIEREN, DIE MAN NICHT SAGEN, SONDERN NUR SCHREIBEN KANN. UND BILDER ZEIGEN. VON DER REDAKTION, VON DEN NÄRRISCHEN MENSCHEN, DIE DARIN HERUMWERKEN,
UND NATÜRLICH AUCH VON JENEN ANDEREN, DIE GENAUSO DAZUGEHÖREN – DEN HÖRERINNEN & HÖRERN DA DRINNEN, DA DRAUSSEN.

: homebase

>> YOU'RE AT HOME, BABY! DIE REDAKTION, DIE MENSCHEN, DAS UMFELD

Von Martin Blumenau

>> REIN ATMOSPHÄRISCHES ÜBER DIE FM4-REDAKTION, DIE MENSCHEN UND DAS UMFELD. ODER: DER VERSUCH ETWAS ABSTRAKTES ALS ORGANISCH DARZUSTELLEN.

Ich bin aus Wien. Genauer gesagt aus dem Sechsten, aus Mariahilf. Von dort, der Wohnung meiner Eltern brauche ich 20 Minuten bis zum Funkhaus, vielleicht 25 wenn ich vor mich hinbrodel. Ich bin diese Strecke früher oft gegangen, einfach um das, was ich vor mir hatte – einen Text, ein Portrait oder eine komplette Sendestunde für die »Musicbox« – noch einmal rotieren zu lassen. Ich hab das meiste, was ich in dieser Zeit fürs Radio geschrieben hab, auf diesem Fuß-Weg im Kopf vorformuliert. Meistens den Anfang im Wortlaut und den Mittelteil dann auf ungefähr und den Schluss wieder genau.

Jetzt wohne ich zehn Minuten entfernt vom Funkhaus, zu Fuß. Aber heute schreibe ich auch schneller.

Ab irgendwann ist das Haus, in dem du arbeitest, nicht mehr nur ein nicht über Zweckmäßigkeit hinausgehendes Büro, sondern die Verlängerung deines Lebensraums, im Optimalfall deines Arbeitszimmers, im extremen Glücksfall deines Wohnzimmers. Außerdem ist es nicht bloß Arbeit, was wir hier tun. Wir senden ja. Senden.

Wenn man dann reinkommt in die Argentinierstraße 30a, über die abgetretenen Steinstufen, in diesen Holzmeister-Bau, dann ist linkerhand die Kantine, das Feld für schlichte Menüs und guten Kaffee, das Reich der Frau Ida. Und rechts hinten ist der abgegriffene Lift, genauer gesagt zwei davon nebeneinander: der Schnelle, der nie kommt, der mit dem Spiegel, und der Langsame, eselig-geduldige. Ich möchte gern wissen, wieviel Zeit ich schon in diesem – jeder geschlossene Raum ist einer – Sarg verbracht habe.

>> Herr Votava und Frau Csa

Früher habe ich diesen Lift nicht so oft benutzt. Die Redaktionsräume waren im Frontbereich, zweieinhalb Stockwerke rauf; das ging immer. Meistens – es gab viele Umzüge innerhalb des Stocks über die Jahre – haben wir auf die Argentinierstraße geschaut, ein paar Monate lang sogar dort runter, wo jetzt die Freiluftsessel des Radiocafés stehen. Das allererste FM4-Studio war im ers-ten Stock, hintendrin, noch hinter dem Hauptkontrollraum, versteckt. Manche sagten »Bronx« dazu. Dort haben wir Anfang 95 begonnen. Senden.

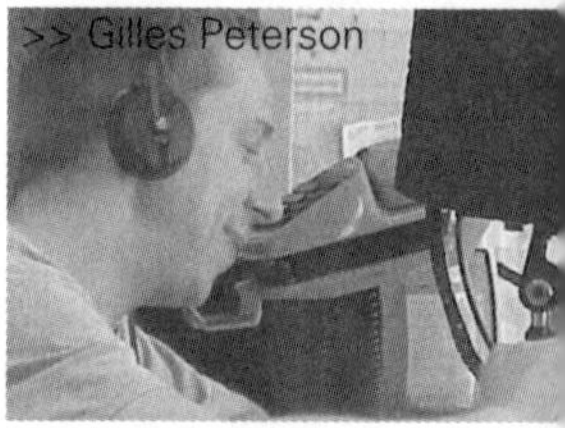

>> Gilles Peterson

Sicher gab es auch vorher Leben im Funkhaus. Aber es war anders, es war dependent, wir haben mit Technikern gearbeitet, nicht selber abgewickelt, so wie heute. Der Unterschied ist in etwa mit selber fahren und Taxi fahren vergleichbar.

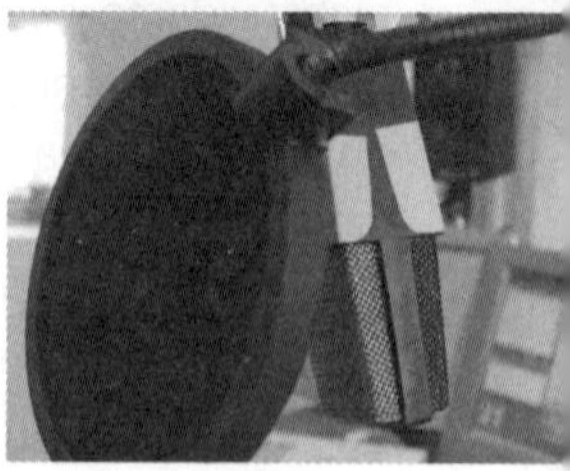

Das war erst mit Stichtag 16.1.1995 so; und eine richtige Entscheidung. Wie überhaupt viele Entscheidungen in dieser Zeit 94 und Anfang 95 einfach richtig waren. Es war richtig, dass sich die guten Kräfte zusammenrotteten in aller hausinternen

Öffentlichkeit und über ihre Pläne auch jederzeit Auskunft gaben. Diese Gruppe hatte wenig Chancen. Sie hatte nichs als die Überzeugung das Richtige zu tun. They finally won the war after losing every battle.

Und das Richtige war die Aufgabe von allem, was wir geliebt hatten, worüber wir uns definiert hatten, inhaltlich und auch sozial, der Abschied von der »Musicbox«, dem allzeit bedeutendsten Einzelradioprogramm Mitteleuropas, vom feinen Talent-Schuppen der großen Versuchsstation »Zickzack« und vom trunken ego-boostenden Solo-Trip, dem »Nachtexpress«.

Und es hieß daraus das Übertragungsfähige und die Träger zu nehmen und was Neues zu bauen. 6 Stunden Programm pro Tag. Keine einzelnen Dinge, sondern ein Ganzes. Ich denke, das hat funktioniert – in the long run. Ich kenne zumindest einen, der mir jetzt widersprechen wird. Ich liebe dich trotzdem, Werner.

Bis dahin gab es eine Menge Glück und Unterstützung und Kraft und einige Entscheidungsträger, die aus welchen Gründen auch immer dem aus dem Bauch kommenden Glauben an die Sinnhaftigkeit eines inhaltlichen definierten Radioprogramms nicht widersprechen konnten oder wollten. Und selbst wenn sich die Gruppe zwischendurch in der Planungsphase vor Verzweiflung außer Haus begeben, und ihr Konzept mit anderer Hilfe (allerdings von einem, der jetzt einen netten kleinen TV-Kanal an den vormaligen Feind verschachert hat...) um-

>> Heinz im Studio

>> Steward Freeman

>> Nathalie Brunner

>> Martin Pieper

setzen wollte, holte sie das Haus wieder ein und zurück. Geht nicht, sagte es, ihr kriegt eure Chance. Word. Und das Funkhaus lügt nicht.

Irgendwie mündete das alles im Studio AR6 im ersten Stock, hintendrinnen, wo sich vielköpfige Bands in ein etwa 1x3 Meter großes Studio zwängten. Was uns so schlimm nicht vorgekommen ist: Die erste FM4-Redaktion, drei fensterlose Räume mit einem dicken roten Heizungsrohr mittendurch, spiegelte dieses heimelige Gefühl wieder. Ich denke, keiner, der diese Räume kannte, hat sich seither mehr als einmal zufällig wieder dort aufgehalten. Ich habe jetzt kurz dort vorbeigeschaut – das Studio wird gerade abgerissen. Und auch im historisch gesehen zweiten FM4-Studio, schon im vierten Stock, schon mit computerunterstützter Abwicklung, sind wir nur noch deshalb, weil es jetzt eben das Ausweich- und Produktions-Studio geworden ist.

IN DIESER UMGEBUNG WEISEN SOGAR DIE SONST SO VERNÜNFTIGEN SYSTEM-ADMINSTRATOREN ODER DAS SEKRETARIAT ZÜGE DES NARRENTUMS AUF.

Unser Heimatbegriff ..., der definiert sich nicht über die Räume, sondern über die Gruppe der Besiedler. Es sind über die Jahre mehr geworden, klar. Pro Saison gab es fünf, sechs, sieben, acht Neuzugänge. Und meist – wie in ganz Österreich nicht anders – Leute aus den Bundesländern. Und mit der 24-Stunden-Umstellung, mit der Integration der englischsprachigen Redaktion hat sich die Gruppe auf über hundert Mitglieder vergrößert. Auch jetzt, wo der vierte Stock im Funkhaus, der lange mittlere Trakt, fast zur Gänze FM4 gehört, sind es nicht die Räume, sondern die Menschen.

Klar, wenn man jetzt aus dem spiegellosen Esels-Lastenlift aussteigt und in dieses kleine Großraum-Areal kommt, dann hat es was Freundlicheres als früher die kleinen Kobel und Zimmerchen, in denen es schon schwer fiel vier Sessel reinzustellen um etwas zu besprechen. Und die vier ovalen Inseln, um die sich die aktuell arbeitenden Redakteure gruppieren, und der große offene Bereich, wo Marketing, Hörerservice und die Kreativ-Kerle von der Programmgestaltung herumwuseln, die bringen schon so etwas wie eine eigene Kultur von Witz- und Sprach-Codes zustande. Vor allem wenn sich der Schreiber und der Haipl und der Schöllerbacher und der Eder und der Puntigam gegenseitig was Lustiges vorspielen und vor Lachen unter die Tische rutschen; oder wenn der Duscher und der Zikmund eine Gitarre finden und sofort Lieder spielen müssen. Man könnte aber auch all diese Plätze mit Langeweilern anstatt der FM4-Narren besetzen und sofort wär alles so tot wie die große Mars-Wüste. Aber das geht glücklicherweise nicht in einer Umgebung, in der sogar die sonst so vernünftigen System-Adminstratoren oder das Sekretariat Züge dieses Narrenturms aufweisen.

Es gibt noch ein paar Bereiche mit Türen – die Musikredaktion mit Marcus Wagner, Michi Fliegl und Andi Ederer oder die Produktion mit Mathias Schönauer und seinen Sound-Bastlern, die halt ordentlich Lärm machen müssen; und Monika Eigenspergers Chef-Büro, in dem rund um den wackeligen runden Tisch über ein Jahr lang alle Sitzungen stattfinden mussten, weil der dafür geplante Bereich ganz hinten beim grindigen Kaffee-Automaten erst gebaut werden musste – der neue Sitzungssaal ist gelungen, hat Charme und wird von den sitzungsleitenden Chefs vom Dienst liebevoll »VOEST-Kantine« genannt.

Alle Räume sind mit Glas abgetrennt, auch

>> Das News-Team

>> Ash im Studio

>> Claudia Unterweger

>> Esther Csapo und Andreas Grünewald

der kleine Kobel von Martin Pieper, dem Wortchef. Dort hängt ein altes schwarz-weiß bebildertes Karton-Monster mit dem alten Programm-Schema und den damaligen Moderatoren-Gfriesern, Stand etwa Mitte 95/Anfang 96: Stermann & Grissemann, Rotifer und Umbauer, Eder und Fuchs, Functionist und DSL, Votava und Blumenau, Spider und Scharang, Ostermayer und Edlinger, Makossa und Sugar B., Angelika Lang und Mirjam Unger, die sich in den ersten FM4-Monaten ein »wessen Schwangerschafts-Bauch schaut wilder aus«-Duell lieferten. Czesch und Pieper, die die schwere Aufgabe hatten, den beiden Diven nachzufolgen, Tina 303 und Hans Wu, der nach einer längeren Pause jetzt wieder – ein bisschen zumindest – da ist. Riem Higazi, damals als Rosie von der »Nasty Girlie Show«, jetzt als Libero in der englischsprachigen Redaktion und Marian Schönwiese, die gute Seele. Alle sind heute auch noch da, und die meisten nicht einmal sonderlich verändert, zumindest nicht zum Schlechteren.

Wenige davon sind nicht mehr dabei: Mischa Zickler, der erste Redaktionsleiter, entwickelt jetzt neue Formate oben am Küniglberg. Angelika, die auch dort droben ressortiert und zuletzt bei unserer »Song 02«-Spaß-Show ganz plötzlich ganz kurz aufgetaucht ist und durch die Scheibe gewinkt hat, like a ghost from the past. Und ihr Harald Waiglein, der ins seriöse Fach, einen Stock tiefer hier im Funkhaus gewechselt ist. Trotzdem hat es was Seltsames: Wer einmal dabei war und auch gespielt hat, dessen Trikotnummer wird nicht mehr vergeben – so wie es gute Clubs bei ihren guten Spielern machen. Manche kommen wieder, ciao Christian, hallo Davidek: Manche wie Petra Erdmann oder Heinz Reich sind immer dagewesen, in unterschiedlicher Dichte halt. Andere wie Matthias Zsutty oder Natalie Brunner oder Pamela Russmann sind erst nach 95 dazugekommen, tragen jetzt aber große Teile des Programms auf ihren Schultern.

So wie die Engländer und Amerikaner und Australier und Schotten und Iren und Kanadier, die seit 1999, nachdem wir uns ein Jahr lang vorsichtig beschnuppert hatten, dazugehören: feinsinnige grobe Lackel, Verführer und Künstler, höflich-sarkastische,

wachsame, diplomatische, ironische und sonnige Charaktere. Freemanns und Brennans, Millers und Zobels. Vor allem die News-Redaktion, der ruhende Pol im Mahlstrom des organsierten Chaos aus Musik, Moderation und Beiträgen. Nächtens beginnen sich die Sprachen und Zonen aufzulösen, wenn Robin Lee und Hermes den Opernball aufmischen. Zu welcher Gruppe gehört eigentlich Erika Koriska, die die englischsprachigen Filmbeiträge macht?
Und: Interessiert das jemanden?

Was macht den FM4ler zum FM4ler?
Es ist nicht so, dass all diese Menschen ein Zeichen auf der Stirn tragen würden. Sie rotten sich auch nicht immer und überall zusammen, wenn sie sich draußen im wirklichen Leben begegnen.
Aber oft. Zugegeben.
Idiotisch eigentlich.
Man sieht sich den Tag über mehr oder weniger viel und oft, schließlich sind so 25, 30 Leute immer da und etliche in ihren diversen Dienstplan-Schichten und eigentlich jeder doch mehrmals die Woche, und dann auch noch privat? Wer hat da – im Spaß – über FM4 als Star-Trek-Borg-Kollektiv gesprochen?

Es war früher schon auch so. Nicht so sehr bei der alten »Musicbox«, wo eher Distanz, freundliche zwar, aber doch, herrschte. Mehr beim immer familiär auftretenden »ZickZack«-Team, das nach der Sendung kolletiv noch ausging, und wo es dann auch, ja echt, Beziehungen gab. Wie es damit der-

>> Votava und Eder

>> Hermes

>> Thomas D

>> Julie McCarthy

zeit bei FM4 aussieht, ein Mantel des Schweigens liegt drüber. Aber bei über hundert Menschen kann die Liebe nicht ausbleiben. Und blüht immer wieder in verwunderlichen Farben. Wie sagt Hannibal Lecter so richtig: »Man begehrt das am meisten, was man täglich sieht.«

In jedem Fall war unlängst eine Party in der Wohnung von Boris Jordan, dem Musikstory-Koodinator, weil Gerlinde Egger und Ute Hölzl aus der Internet-Redaktion Geburtstag hatten, und natürlich bevölkerte die FM4-Partie weite Teile der Räumlichkeiten, vor allem die Küche, wo sich die Jungen wie Andreas Grünewald mit den Alten wie Fritz Ostermayer und Julia Barnes von den News dann über »Roxy Music« einigen konnten. Trotzdem war jeder aus dieser heterogenen, aber doch irgendwie gemeinsam auftretenden Gruppe auch imstande zumindest ein Gespräch mit einem unbekannten Party-Gast zu führen. Denn ich will keinerlei Autismus-Vorwurf hören.

Auf jeden Fall war es dann 24 Stunden später so, dass die FM4-Abendschicht – Big Joe Remick von den News, Andreas Schindler als Chef vom Dienst und ich als Moderator – sich wieder auf drei Quadratmetern bewegte. Beim Fest in Boris‹ Küche, dann im Showbühnen-Studio. Does this make sense to you? It does to me. Ich glaub ja an diesen FM4-Spruch vom »Fenster zur Welt«. Ich glaub das ja tatsächlich. Ich weiß, der ist von dir, Werner.

>>Das Pop

Ich bin nach diesem bewussten Fest dann

zur Party bei Stefan Pollach, dem Mann, der die FM4-Homepage eigenhändig erfunden hat, gegangen, die von seiner Freundin unglücklicherweise am gleichen Abend angesetzt war.

Egal: Stefan wohnt nur eine Ecke von meinen Eltern entfernt. Und eine andere Ecke von meinem altem Gymnasium. Und in der gleichen Gasse wie meine Volksschule. Und auch der Werner wohnt dort, seit Jahrzehnten schon. Sein Studio hat er auch dort.
Und ich bin dann um vier Uhr früh ganz bewusst diesen alten Weg gegangen, von meiner Elternwohnung zum Funkhaus und von dort dann noch die paar Minuten zu mir. Und ich hab über den Text nachgedacht, den ich für das FM4-Buch schreiben sollte. Und mir ist ein Anfang eingefallen, im Wortlaut. Und ein Mittelteil auf ungefähr und ein Schluss wieder genau.

>> Gavin Rossdale und Robert Zickmund

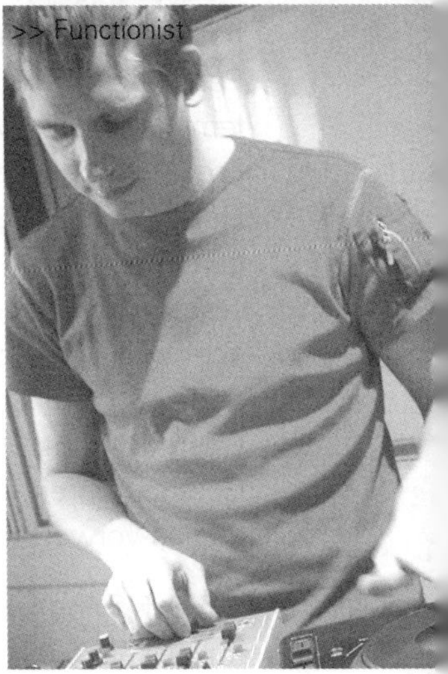

>> Functionist

>>TYPICAL! STEVE CRILLEY UND JOHN MEGILL ÜBER IHR ÖSTERREICH

>> STEVE CRILLEY (FM4 REALITY CHECK) UND JOHN MEGILL (FM4 SUNNY SIDE UP) STELLEN SICH UNSEREM FRAGEBOGEN ZU UNFUG UND WAHRHEIT HINTER DIVERSEN ÖSTERREICH-KLISCHEES.

1) Things you find bizarre about living in Austria (liver dumplings, furry hats and the like)

STEVE CRILLEY: Senior citizens who take their dogs for a walk at 6am in the morning.

JOHN MEGILL: It's weird that at ten o'clock at night the streets are empty but at six o'clock in the morning there are traffic jams.

2) Things you wouldn't want to miss if you went back (liver dumplings, furry hats...)

STEVE CRILLEY: Schweinsbraten. Yuk!

JOHN MEGILL: Bier! Das Anzengruber-Schnitzel, Vienna water.

3) Viennese Café or Starbucks?

STEVE CRILLEY: Sorry, I'll sit on the fence here ... I have my Kaffeehaus moments, but occasionally I need my Starbucks fix.

JOHN MEGILL: Viennese Café (The reason is simple: the charm of the typical Kaffeehaus waiters is einmalig.)

4) What do you really think of German Hip Hop?

STEVE CRILLEY: It's grown on me ... every concert I go to it grows on me.

JOHN MEGILL: I think hip hop and the German language is a match made in heaven – it saves us from other more brutal forms of German language pop music ...

5) Have you tried the canteen food at the Funkhaus? Did you wonder why Austrians think their questionable cuisine is superior to English cooking?

STEVE CRILLEY: It reminds me of school dinners many years ago. The only difference is then we had bins round the back of the school kitchens which were used to put the leftovers in. We used to dare each other to open the bin lid & stick our heads in!

JOHN MEGILL: I wish I could say no to the first question but alas. (Obscure Kantinenhintergrundgeschichte: One of the applicants who didn't get the contract to run the Kantine was the former cook of the US Embassy – a man who cooked for Reagan and Gorbachev. He now runs an amazing burger restaurant opposite the Metropol in Vienna. Why didn't he get the job? That Austrian speciality, the Freunderlwirtschaft?)

6) How often do you ask yourself: How the hell did I end up here? Or better yet, how often are you asked, how the hell did you end up here?

STEVE CRILLEY: It happens often & I normally reply that I'm a very bad driver and Wien was the first chance I had to get off the Central European Autobahn.

JOHN MEGILL: It's something I try not to think about / a question I try to avoid.

7) Why do Austrians have such grumpy dogs?

STEVE CRILLEY: Ah ... yes & where are the cats?

JOHN MEGILL: That's not the question. The real question is why do Austrian dogs have such grumpy owners ...

8) If you had to give Austrians one particular attribute, what

would it be?

STEVE CRILLEY: Punctuality ... it scares me!

JOHN MEGILL: Obrigkeitshörigkeit.

9) What is the coolest Austrian word you know ...

STEVE CRILLEY: Schlagobers!

JOHN MEGILL: Obrigkeitshörigkeit.

10) Tell us what your most typical Austrian experience has been since you've lived here ...

STEVE CRILLEY: Gate-crashing a ball at the Hofburg. The ball was very Austrian, the gate-crashing bit was very English!

JOHN MEGILL: I was once skiing with a Viennese girlfriend at a small Hausberg in Styria. One lift, two trails and five Hütten, I'm sure you can picture it. On the hill, my girl picked up these two crazy guys, the Installateur and the Elektriker from the Dorf of the Hausberg. We made friends, drank homemade schnapps for the rest of the day, ended up in the Hütte drinking more schnapps, all of this (several hours) in German — or my best Viennese which was good enough to fool the Installateur who thought I was Viennese ... until I said something in English to the girl I was with. When he heard this he was, as they say, völlig entsetzt, 'Wos? Bist net von da!!?‹ The friendly Installateur refused to talk to me anymore and sat there for at least half an hour and you could almost feel the wheels of his brain working. After 45 minutes a new round of schnapps appeared, paid for by the Installateur, and there was one for me. As I took it and clicked glasses with him he looked at me and said: 'Woast eh, fia an Auslända bist schweast in Urdnung'... says it all really.

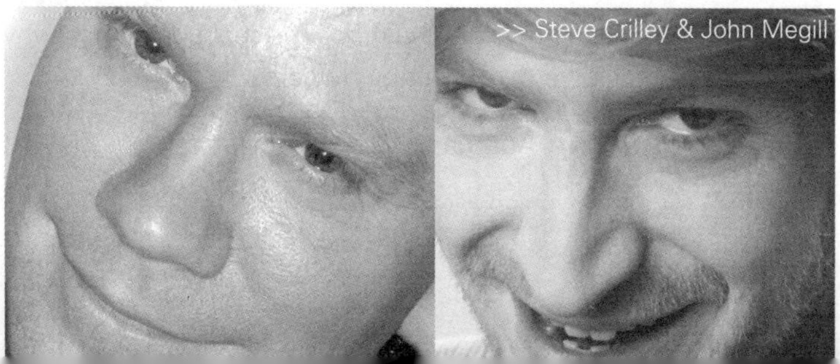

>> Steve Crilley & John Megill

FM4 on Tour

Salzburg · Feldkirch · Linz · Klagenfurt · Wels · St. Pölten · Wien · Oslip · Innsbruck · Graz · München

Live on Stage

Moby · Skinny · Absolute Beginner · Blumfeld · Sofa Surfers · Das Pop · Eins Zwo · Slut · Ferris MC · Blumentopf · Le Tigre · Tuntable Rocker · Louie Austen · Aphrodelics · Ugly Duckling · Die Sterne, Console · Total Chaos · Jurassic 5 · Waxolutionists · Dakar & Grinser · Fettes Brot · Maximilian Hecker · Torch · Bauchklang · Dynamite Deluxe · Garish · Erobique · Tefla & Jaleel · Seargent Garcia · Falsche Freunde · Kinderzimmer Productions · Echophonic · Benji · Surrogat · Curse · Sportfreunde Stiller · Square One · Mika · D-Flame · Zeronic · Fuckhead · Miles · Attwenger · Kamp · Queen Of Japan · Waxolutionists · Schönheitsfehler · Main Concept · Gautsch · Schneiderberg · Heinz · Mudfuzz ...
to be continued

>> FM4-Feste

>>ALTERNATIV SEIN, LEICHT GEMACHT!

Von Clemens Haipl

>> DER TRADITION DES BEINHARTEN AUFDECKUNGS-JOURNALISMUS VERPFLICHTET HABE ICH ÜBER MEHRERE WOCHEN HINWEG AUFMERKSAM DIE FM4-WEBSITE, GESPRÄCHE IN DER REDAKTION UND BEITRÄGE ON AIR BEOBACHTET UND ERSTAUNLICHES GELERNT.

1. Eine Band ist nur solange gut, bis sie 20.000 Einheiten verkauft – hernach sollst du sie als »kommerziell« beschimpfen und mit einem nässenden Ausschlag vergleichen.

2. ABBA ist mächtig »cool« und »retro«, Cheap Trick hingegen ... »hoffnungslos«, ja »peinlich«.

3. Gigi d´Agostino mag dir privat durchaus gefallen – gib öffentlich aber lieber eine imaginäre Band aus der englischen Provinz als deine Lieblinge an. Deine Freunde werden sich hüten, zuzugeben, dass sie sie nicht kennen, und deine Kompetenz in Sachen Hipness nicht in Frage stellen.

4. Gwen Stefani mit Moby ist »böse« – Madonna mit Ali G ist »sehr gewagt« und »undergroundig« (siehe auch Wyclef Jean mit Bono).

5. Pololeibchen bei HTL-Schülern sind »voll peinlich« – bei FM4-Hörern aber »oldskool«, »irgendwie 80er Jahre« und »sehr hintergründig«.

6. Oberlippenbärte sehen »an sich scheiße« aus – es sei denn, sie sprießen im Gesicht von Trendsettern, dann sind sie »schon sehr in«.

7. Markenkleidung und Labelfetischismus ist etwas für oberflächliche Tussi-Reaktionäre und Opernballbesucher – es sei

denn, die Hip-Hop-Community und einschlägige Zeitschriften bescheinigen Street Credibility. Dann ist es in Ordnung.

8. Major Labels produzieren Musik mit dem einzigen Vorsatz, mächtig Kohle zu scheffeln – Indie-Labels wollen für ihre Arbeit kein Geld und schenken ihre CDs auf Dritte-Welt-Märkten her.

9. Mercedes, Audi, McDonald´s und Konsorten beuten billige Arbeitskräfte aus und streben die Weltherrschaft an. Playstations, Handies und Computer von Apple werden aber von sozial abgesicherten, gerecht entlohnten, glücklich freischaffenden Selbstverwirklichern in offenen Werkstätten zu fairen Preisen hergestellt.

10. Geklonte Popsternchen sind zu verachten und mit Schimpf und Schande zu bedenken – bis sie sich mit anerkannten Künstlern von Indie-Labels zum Duett einfinden.

11. Toleranz gilt grundsätzlich für alle, außer für Prolos und Kommerzradiohörer.

12. Das Zeitalter der Ironie ist vorbei – es lebe die neue Ernsthaftigkeit.

>>GETTING A FOOT IN THE FM4: WIE ICH INS RADIO KAM

Von Duncan Larkin

>> HÄTTE ICH ÜBER ALL DIE JAHRE JEDES MAL EINEN PENNY GEKRIEGT, WENN MICH WER FRAGTE, WIE ICH EIGENTLICH INS RADIO GEKOMMEN SEI, DANN WÄRE ICH HEUTE EIN ZIEMLICH REICHER MODERATOR. ODER GAR EINER IM RUHESTAND. MANCHMAL GEBE ICH UNSERIÖSE ANTWORTEN WIE »ICH GING DURCH DIE TÜR« ODER »WIR SIND EIGENTLICH GAR NICHT IM RADIO, DAS GEHT ALLES MIT ELEKTROMAGNETISCHEN WELLEN« ODER EINFACH NUR »ICH HATTE PECH.« WENN ICH DAGEGEN DARAN DENKE, WIES WIRKLICH WAR, LIEST SICH DAS WIE EIN KLISCHEE. ABER ICH SCHWÖRE, ALLES IST WAHR.

Stellt euch einmal ein typisches vorstädtisches Drei-Schlafzimmer-Haus im zu Essex gehörenden Teil des äußeren London vor. Dort lag ich als Siebenjähriger im Flanellpyjama unter der Bettdecke, den Kopf unter den Polster gepresst, und gab mir größte Mühe mein kleines Transistorradio zu hören ohne mich dabei von meinen Eltern erwischen zu lassen. Um es mit einem unwiderstehlichen englischen Wortspiel auszudrücken: Nicht zum letzten Mal in meinem Leben war das ein klarer Fall von »Larkin about under the duvet«.

Ich hatte gerade die Frequenz eines der Piratenradios eingestellt, die von der Nordsee aus sendeten. Auch wenn die heute als Pioniere des Radios angesehen werden, waren sie zum Großteil bloß ziemlich durchschnittliche Vorläufer des Popsenderformats.

Aber diese bestimmte Nacht war anders. Als ich gerade zu einer sanften Mischung aus Musik und DJ-Platitüden einnickte, meldete sich der Mann plötzlich mitten im Song zu Wort. Er hielt die laufende Nummer an und ich hörte eine Abfolge lauter Knaller im Hintergrund. Es klang wie ein Moped mit Fehlzündungen aus der Ferne ... oder nein, vielleicht sogar wie ein Gewehr?

Der DJ war völlig außer sich. »Radio Nordsee wird angegriffen«, sagte er. »Wir werden von einem Motorboot beschossen, auf dem bewaffnete Männer stehen. Wir werden angegriffen!« Danach gab er völlig atemlos zum ersten Mal die geographische Position des Radiosenders preis. Er flehte die Küstenwache, die Polizei, vielleicht sogar die Marine um Hilfe an und die ganze Zeit über konnte ich im Hintergrund das zornige Husten der Maschinenpistolen hören. Wie eine Meute kläffender Hunde. Zwei Gedanken gingen mir durch meinen – leicht zu beeindruckenden – Kopf: »Wow! Das ist aber aufregend!« und »Ich will ins Radio.«

Knappe sechs Monate später hatte ich bereits einen der ersten Kassettenrekorder, die auf den Markt gekommen waren, mit einem Mikrofon, zwei Plattenspielern und unseren etwas widerwilligen, aber immer getreuen Nachbarn als Technikern. Ich brachte sie dazu, mir dabei zu helfen eine Serie von Radiosendungen aufzunehmen, die aus endlosen Mixes derselben drei oder vier Platten bestand, die wir zusammen besaßen. Soweit ich mich erinnern kann, wurde mir der Kassettenrekorder am Ende weggenommen. Die Kassetten bewahrte ich auch nicht auf, aber das Radiofieber hatte mich bereits erwischt.

Meine ganze Kindheit hindurch nahm ich mit religiösem Eifer jede Woche die Charts Show auf. Ich lernte die Namen der Interpreten und die aktuellen Positionen der Songs in der Hitparade auswendig und erarbeitete mir so eine solide Kenntnis der Popkultur – sehr zum Ärger meiner Eltern. »Wenn du für die Aufgaben genauso viel Zeit aufwenden würdest wie für diese verdammte Popmusik, könnte aus dir was werden«, sagte meine Mama. »Dreh den verdammten Lärm leiser«, schrie mein Papa.

Am Ende folgte ich mehr oder weniger ihren Ratschlägen und ging nach der Schule aufs College statt mir gleich einen Job zu suchen.

Als ich an die Uni kam (ich studierte Französisch, weil ich sonst von nichts was verstand), hatte ich bereits drei Jahre praktischer Erfahrung als mobiler Disc Jockey der »Emperor of Ethiopia Roadshow« gesammelt. Eigentlich wollten wir ja Dub und Roots Reggae spielen, aber unser Publikum, das lieber Top-40-Hits hören wollte, war immer in der Mehrzahl. Eine wichtige Lektion im Umgang mit der Öffentlichkeit, die mir in späteren Jahren sehr nützlich werden sollte.

Meine Universitätszeit verbrachte ich hauptsächlich damit den Unterricht zu meiden, aber das, was meine Mutter mein »Hobby« nannte, weiterzuführen. Ich legte bei Festen der Studentengewerkschaft Platten auf und moderierte die Studentensendung des örtlichen Lokalradios. Und als die Zeit kam ein Studienjahr in Paris zu verbringen, schrieb ich meine Abschlussarbeit über die damals gerade aktuelle Freigabe aller Frequenzen. Das bedeutete, dass mehr als 350 Radiosender um die Luftwellen über der französischen Hauptstadt konkurrierten. Ich war davon so fasziniert, dass ich eine Video-Dokumentation zu drehen begann, nur um bei ein paar dieser Radiostationen meinen Fuß in die Tür zu kriegen, und ich bot dabei auch gleich meine Dienste an.

Nach dem Studium arbeitete ich ein paar Jahre als Schauspieler, aber es war schwer, an die für den Job ebenso essenzielle wie unerreichbare Gewerkschaftsmitgliedskarte heranzukommen, also musste ich mich um einen Job beim Gemeinderadio in Südost-London bewerben. Da schikkten sie mich montags in die BBC um zu lernen, wie man eine Bandmaschine betätigt, und am Tag darauf musste ich es unserer Volontärsgruppe schon beibringen. Das war nicht »Lernen durch Praxis«, son-

MEDIA

Whatever happened to...

...DUNCAN LARK

Catherine Kelly tracks down the man who regularly rode the waves of Radio Aire as a late night show host and who is now front man and star presenter of Riviera Radio on the Cote D'Azur.

dern »Lernen durch Lehren«. Nach einem Jahr leuchtete mir dank meiner französischen Erfahrung ein, dass es auf der Welt mehr als nur Britannien gab und die Radio-DJs anderswo wohltuend anders klangen. In England waren sie alle gleich und all die jungen Aufsteiger dachten, dass ein Moderator eben so sein sollte, also versuchten sie es nachzuahmen: nasal und uninformiert, aber gleichzeitig laut und alles übertönend. Als schließlich in Italien ein Job in einem englischen Radiosender an der Riviera frei-wurde, war ich sofort zur Stelle.

Die harte Arbeit fing damit erst an. Sechstagesschichten jede Woche, vier Stunden auf Sendung und danach drei oder vier Stunden Werbung produzieren. Das war die Zeit der eifersüchtigen, egomanischen Kollegen und der geistesgestörten, megalomanischen Bosse. Einmal hatte der Sender, für den ich arbeitete, zu Weihnachten die Werbezeit so billig angeboten, dass 150 neue Kunden das Angebot annahmen. An einem einzigen Tag schrieb und produzierte ich mehr als 30 Werbungen und als ich nach einem 14-Stunden-Tag um sieben Uhr abends das Studio verlassen wollte, schrie mein dauergestresster, neuseeländischer Chef mich an: »Das ist verdammt nochmal nicht genug, Freund!«

Für mich wars mehr als genug, und nachdem ich ihm blumig geschildert hatte, wo er sich seinen Job hinstecken könnte, setzte ich mich zur anderen englischen Radiostation der Riviera ab: Sunshine Radio. Dieser Sender war alternativ, modern, weder anmaßend noch rassistisch oder sexistisch, sondern weltoffen. Ich fühlte mich zu Hause und wollte nie wieder bei einer anderen Art von Sender arbeiten. Außerdem brachte dieser Job mit sich, dass ich um elf Uhr morgens am Strand ein Nickerchen und ein Sonnenbad einlegen konnte. Einige wunderbare Jahre lang ließ ich mir den Luxus gefallen, ander sonnigen Küste der zwielichtigen Typen zu leben. Aber alle guten Dinge müssen zu Ende gehen und Radio Sunshine verlor nach dem französischen Regierungswechsel die Lizenz, also musste ich woanders arbeiten, dann woanders und dann wieder woanders.

Ein paar Jahre drauf, noch immer kein Ruhm und kein Vermögen, und ich erhielt das Angebot drei Wochen beim ORF zu arbeiten. Das ist nun fast zehn Jahre her, aber wenigstens gibts jetzt FM4. Das kommt dem am nächsten, was Sunshine Radio war. Ich habe noch lange nicht vor weiterzuziehen; doch ich habe John Lennons berühmte Worte nicht vergessen: »Life is what happens to you when you are busy making other plans.« Also, wer weiß?

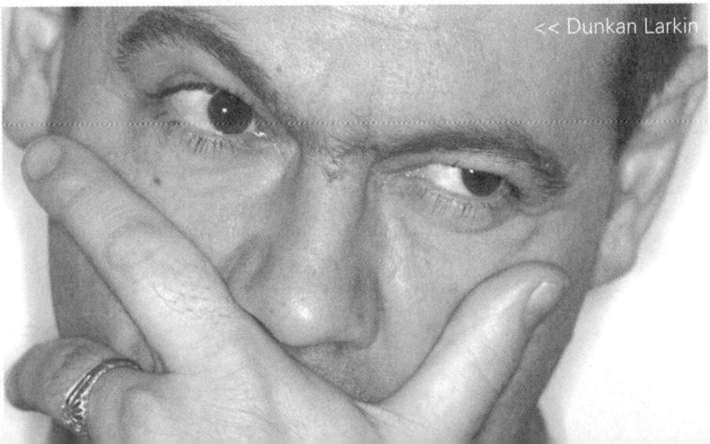

>>IF G THEN FM4: WIE MAN EINEN FM4 - HÖRER ERKENNT

Von Gerlinde Lang

>> GERLINDE »GLAMOROUS« LANG ÜBER EINEN SOZIOLOGISCH NOCH ZU WENIG ERSCHLOSSENEN WENDEPUNKT, WAS DEN TEXTILTECHNISCHEN PHÄNOTYPUS DER NEBULOSEN JUGENDBEWEGUNG, DIE WIR MAL »FM4-HÖRER« NENNEN WOLLEN, ANGEHT.
EIN FORSCHUNGSDESIGN.

»K.O.O.K.« hat alles ruiniert. Also, vielleicht nicht das Album selbst, aber sehr wohl der Aufzug, in dem die drei Jungens bei den zugehörigen Konzerten aufgetaucht sind. Wir hatten uns alle vorbereitet. Wir hatten unsere schönsten Ich-schwitz-mich-zu-Tode-Trevirablusen mit erblindungsprovozierenden Mustern angezogen bzw. weichgewaschene T-Shirts mit Aufdrucken wie »20 Jahre Raiffeisenkasse Eisenstadt«, »Winterhude ist liebenswert«, »playa del ingles« oder Ähnlichem ehemals bedeutungsvoll gewesenem. Darüber den Siebzigerjahre-Anorak (farblich abgesetzte Passe entlang des Achsel-Taille-Hüfte-Meridians), der uns ein Jahr erschöpfendes Kleiderberg-Umwälzen bei Regen, Schnee und Hitzewelle am Flohmarkt gekostet hatte (inklusive abnorm frühem Aufstehen bzw. Schulschwänzen um vor Krethi und Plethi wühlen gehen zu können), und auf dem Kopf natürlich die (nie anders als eben so genannte) Tocotronic-Frisur, einfach umschrieben als vorne lang, hinten kurz – der Kehrwert zum Landjugendklischee, so wie in extremo vom Tocotronic-Jan vorgeführt. Und wenn man die einmal hatte, konnte man sie zur Not auch auf Heinz-Konzerten verwenden. Alles in allem also die Unisex-FM4-Uniform, und dann, als der Schweißgeruch in der Halle schon kaum mehr erträglich war und wir alle schon fast aus unseren Adidas Gazelle kippten, betraten Tocotronic die Bühne. Und trugen schwarze Hosen und schwarze Hemden. Wir hörten noch mit halbem Ohr ein bisschen zu und gingen dann völlig verstört heim. Seitdem ist das FM4-Styling nicht mehr das, was es einmal war.

» *Oh, alles ist neu.*
Alles ist anders.
Meine Kleider gefallen mir nicht mehr.
[...]
Und es wird mir klar
und ich glaube sogar:
Oh, ich glaube ich habe,
ich glaube ich habe
meine Unschuld verloren. «

(Tocotronic: »Ich glaube ich habe meine Unschuld verloren«)

So, nachdem wir uns der »zweifelhaften Praxis des Zitatevoranstellens« (hat Charlotte Roche mal in ihrem Tagebuch auf jetzt.de gemeint) bedient haben, geht's uns trotzdem nicht besser. Woran, wenn nicht am Gewand, sollen wir denn erkennen, ob der eventuell vorhandene andere auch ein FM4-Hörer ist? Sollen wir etwa einfach hingehen und fragen? Eben. Seht ihr. Sehen tun wir, dass wir ziemlich sicher der oben erwähnten Schlodde Charlotte Roche das FM4-Hören zutrauen würden.
Ja, weil sie trägt diese komischen Sachen, wird man vorbringen. Hmm. Dumpfes Gefühl: Auf einen präziseren Nenner als »komisch« werden wir nicht mehr kommen, auch nicht mit mathematischer Vorgangsweise.

$\frac{1}{LJ} = FM4$ der Kehrwert der Landjugend

Aber halt, vielleicht ist ja auch die Landjugend cool, also splitten wir das Ganze in Teilmengen auf.

```
                 ............................
 .............|...                          |
 |            | |                           |
 |            | |   uncool                  |
 | cool       |                             |
 |       ......|..............              |
 |       |    | |          |                |
 |       |    `--+------+---------- '
 |       |       |          |
 '-----|------ '           |
       |                   |
       | wie man           |
       |      sich         |
       |    fühlt          |
       |                   |
       |                   |
       '___________'
```

Überschneidungen haufenweise, Blickwinkel natürlich auch völlig ungeklärt. Hilft also auch nicht und trotz alledem wird man, wenn man gerade noch friedlich in der Redaktion steht und nasenbohrt und auf einmal eine Schulklasse rein kommt zum »Schauen, wie Radio hier so, ja also, gemacht wird«, schon vor-

her wissen, wer aufzeigen wird, wenn die Frau Professor fragt, wer denn »dieses Radio eff ...äh ... emm vier hört von euch, vielleicht manchmal«. Seid ihr weniger ordentlich frisiert als die anderen? Sind eure Haare bunter als gewöhnlich? Legt ihr auf einen guten Haarschnitt wert? Sind euch eure Haare schon immer wurscht gewesen? Tragt ihr Armyhosen? Tragt ihr Secondhandröcke über Secondhandhosen? Tragt ihr Maßanzüge? Jogginganzüge? Tragt ihr, was eure Mutter euch im Katalog bestellt? Tragt ihr, was eure Mutter ablegt? Wer eine dieser Fragen mit ja beantwortet, könnte FM4-Hörer sein, muss aber auch nicht.
Sapperment.

Beeinflusst das Gewand (G) die Senderwahl (FM4)?
IF G THEN FM4
Beeinflusst das Hören gewisser Frequenzen (FM4) das Gewand (G)?
IF FM4 THEN G
Müssen wir diese beiden Arbeitshypothesen verwerfen zugunsten der (furchterregenden, huh!) Annahme, eine dritte, noch unbekannte Größe (d,nuG) beeinflusse sowohl Senderwahl als auch Kleidergeschmack?
IF d,nuG THEN FM4G ?????

Daher bittet die »glamorous« Wissenschaftsabteilung im Funkhauskeller um Beantwortung folgender Frage: Warst du schon, bevor du FM4 gehört hast, so angezogen wie jetzt, da du den Sender kennst ?
a) ja
b) nein

ad a): you're at home, baby
ad b): siehe »ad a)«

Anyway, danke, du hast der Radioforschung immens geholfen. Wenn du dann bitte dort hinübergehst, da gibts dann ein Packerl Mannerschnitten als kleines Dankeschön. Selten kommt es zu Übelkeit, Schwindel oder Kreislaufproblemen.

adidas

Aus dem Radio
quoll Brei. Martin
Blumenau buhlte wieder
um Hörer.

: salon helga

>>SALON HELGA: DIE RADIO-EINS-TAGEBÜCHER

Von Dirk Stermann und Christoph Grissemann

>> WIR HATTEN DIE WAHL. ZU BERICHTEN, WIE ES BEI FM4 TATSÄCHLICH IST, NICHT MEHR WEITERBESCHÄFTIGT ZU WERDEN UND NACHTS VON TEILWEISE SEHR JUNGEN KOLLEGEN ZUSAMMENGEPRÜGELT ZU WERDEN ODER ZU BESCHÖNEN, SO DASS UNS KEIN SPIEGEL MEHR ANSCHAUEN WÜRDE.

Als »Vertreter eines Jahrhunderthumors« (SPIEGEL-SPEZIAL »Unterhaltung in autoritären Systemen«) haben wir uns für eine intelligente, dritte Variante entschieden. Nämlich gar nicht über FM4 zu berichten, sondern über unseren Alltag bei dem deutschen Radiosender Radio Eins in Berlin. Wir bringen einen Ausschnitt aus unserem Berliner Tagebuch. Den eigentlichen Text soll man gar nicht lesen, sondern ausschließlich zwischen den Zeilen. So ergibt sich auf erstaunliche Weise ein kritischer Text auch über FM4, ohne dass FM4 überhaupt erwähnt wird. Womit wir erneut beweisen, dass die Klugheit der überlegene Feind der stumpfen Gewalt ist. Während Sie, lieber Leser, also nun zu lesen beginnen, gehen wir beiden »altklugen Trinker« (SPIEGEL-SPEZIAL »Humor unter Alkoholeinfluss«) mit Ihrer Freundin zwei, drei Jägermeister kippen.

Grissemann am 7. Januar 2002
Ich weiß nicht, wie lange mein Körper die Arbeit bei Radio Eins noch aushält. Habe mittlerweile fast 50 Grad Fieber. Im Funkhaus wurde ja aus Kostengründen noch nie geheizt, das sind wir alle gewöhnt. Aber seit einigen Tagen hat der Chef die Redaktionsräume auch noch an eine Metzgerei als Tiefkühlhalle vermietet.

Minus 12 Grad und auf den Schreibtischen gefrorene Schweinehälften. Anfänglich haben wir gedacht, dass die Mieteinnahmen vielleicht uns Mitarbeitern zugute kommen. Aber Pustekuchen: Über Megaphon hat der Chef verkündet, dass wir das Geld brauchen um die immer noch zu hohen Heizkosten einzudämmen.

Stermann am 7. Januar 2002
Habe mich sehr erschrocken, als im Studio ein Bison vor mir stand. War aber nur Cheftechniker Redlich, der sich für 12.000 Euro einen warmen Fellmantel aus acht Bisons hat anfertigen lassen. Unser Chef Lehnert trägt einen wärmenden Ganzkörperanzug, der aus den Wimpern von 24.000 Schneehasen hergestellt wurde. Das soll das Beste sein, was es auf dem Extremklamottenmarkt zur Zeit gibt. Alle anderen von uns mussten ihre Wintermäntel und Jacken in einer großen PR-Aktion der Afghanistanhilfe spenden. Auch Pullover und lange Hosen. Wir arbeiten alle halbnackt und versuchen uns mit Schreibmaschinen zu wärmen. Das hat doch alles mit Radiomachen im herkömmlichen Sinne nichts zu tun.

Grissemann am 8. Januar 2002
Die Zustände bei Radio Eins sind eines öffentlich-rechtlichen Senders nicht würdig. Nach der Vermietung der Redaktionsräume an eine Metzgerei als Tiefkühlhalle ist das Arbeiten für uns alle unerträglich geworden. Ein Kollege der Wetterredaktion wurde in der Früh von einer herunterfallenden Rinderhälfte erschlagen und Stermann hat sich an einem messerscharfen Eiszapfen die Halsschlagader verletzt. Sein Blut tropfte auf eine Kiste mit Rippchen. Laut Cheftechniker Redlich, dem hinterhältigen Erfüllungsgehilfen von Senderchef Lehnert, muss Stermann jetzt die Rippchen ersetzen. Ich selber wurde von einem Metzgerlehrling zu den Wildscheinen gehängt. Ich hatte einfach keine Kraft mich zu wehren. Reden konnte ich auch nicht – meine Lippen sind zugefroren.

Stermann am 8. Januar 2002
Endlich kann ich wieder sehen. Grissemann hat mir mit einem

Eiskratzer die Augen frei gemacht. Aber der Anblick meiner verdienten Kollegen macht mich traurig, wie sie da blaugezittert zwischen Hunderten von gefrorenen Tieren kauern. Mehrere Kollegen werden vermisst, wahrscheinlich liegen sie unter diesem riesigen Berg von Gänsen. Ich bin froh, dass ich einen Bekannten beim Privatradio habe. Ich habe ihn in seinem Redaktionsbüro angerufen und er hat den Hörer ganz dicht an die Zentralheizung gehalten. Ich hatte wirklich das Gefühl, dass es warm aus dem Hörer bläst. Aber so, wie es aussieht, haben wir das Schlimmste noch vor uns. Senderchef Lehnert verhandelt gerade mit einer Firma, die Embryonen einfriert. Wenn die mehr zahlen als der Metzger, wirds wirklich hart für uns. Embryonen werden bei minus 100 Grad aufbewahrt! Das hat doch alles mit Radiomachen überhaupt nichts mehr zu tun.

GRISSEMANN, DIE FAULE SAU, KÜMMERT SICH NUR UM DIE SENDUNG, ALS KÄME ES DARAUF AN.

Grissemann am 9. Januar 2002
Um Werbekunden zu zeigen, dass Werbung auf Radio Eins funktioniert, wurden alle Mitarbeiter verpflichtet sämtliche Produkte zu kaufen, für die bei uns geworben wird. Zu diesem Zweck hat ein privater Kreditvermittler ein eigenes Büro bei Radio Eins bezogen.

Außerdem wird uns ein Makler beraten, wie wir halbwegs günstig an Lagerhallen kommen, wir brauchen ja sehr viel Platz für all die Produkte. Stermann, der blöde Schleimer, hat bereits die gesamte Produktpalette der gestrigen Werbeblöcke gekauft. Dafür hat er vom Senderchef Lehnert einen goldenen Radio Eins-Aufkleber bekommen. Ich hab noch nichts und bekam deshalb heute früh von Cheftechniker Redlich ein Ohrfeigengewitter und einen Radio-Eins-Einkaufskorb, mit dem ich sofort nach der Arbeit los muss. Das hat doch alles mit Radiomachen überhaupt nichts mehr zu tun!

Stermann am 9. Januar 2002
Ich freu mich aufs Wochenende, weil da keine Werbung läuft. Dann kann ich endlich in Ruhe Lagerhallen besichtigen. Ich bin

auch froh, dass ich nicht bei SAT1 arbeite. Oder bei PRO7, da wäre ich ja nach einem Werbeblock schon pleite. Obwohl der freundliche Kreditvermittler uns allen diese Angst nimmt. Geld bekommen wir unbegrenzt von dem netten Goldkettchenträger. Im Verhältnis 1:2. Er gibt uns 1 Euro und wir geben ihm 2 zurück. Das sei, so sagt er, genauso wie mit Mark und Euro, da würden wir uns schon dran gewöhnen.
Man muss in seiner Arbeit eben flexibel sein. Grissemann, die faule Sau, kümmert sich nur um die Sendung, als käme es darauf an. So bekommt er nie einen goldenen Radio-Eins-Aufkleber.

Grissemann am 10. Januar 2002
Unsere Presseausweise wurden eingezogen und gegen Kundenkarten getauscht. Die Kollegen fahren mit Einkaufswagen durch die Redaktionsräume. Chef Lehnert ist sehr zufrieden mit seiner Idee Werbung auf Radio Eins für die Firmen und Agenturen dadurch interessant zu machen, dass alle Mitarbeiter sämtliche Produkte kaufen, für die auf Radio Eins geworben wird. Die Büchersendung hat alle Bücher aus den Regalen entfernt und stattdessen hunderte von Prospekten eingeordnet. Cheftechniker Redlich überprüft alle Kassenbons und Rechnungen für eingekaufte Waren. Er zieht diese Quittungen ein, damit Radio Eins sie von der Steuer absetzen kann. Der Sender rechnet auf diese Weise mit einer Steuerrückzahlung von mehreren Millionen. Für uns Mitarbeiter ist es eine schwere Zeit. Während der Arbeit müssen wir zum Sender-Kredithai, nach der Arbeit müssen wir einkaufen gehen und nachts zur Schuldnerberatung. Das hat doch mit Radiomachen alles gar nichts mehr zu tun!

DIE JUNGEN KOLLEGEN VON RADIO FRITZ STARREN DIE GANZE ZEIT UNGLÄUBIG ZU UNS HERÜBER. NA WARTET NUR, IHR KOMMT AUCH IRGENDWANN ZUM ERWACHSENENRADIO.

Stermann am 10. Januar 2002
Ich habe gerade eben eine furchtbare Information bekommen. In der nächsten Woche gibt es 15 Werbespots für Magirus-Deutz-Lastkraftwagen und 23 Einschaltungen für Fertigteilhäuser. Das

schaff ich nicht! Ich habe auf Knien vor Cheftechniker Redlich, dem Handlanger des Chefs, gefleht und gejammert. Er hat mir eine Ohrfeige gegeben, aber mir schließlich doch erlaubt, dass ich das Suppengemüse, das im Moment beworben wird, nicht kaufen muss. Ein schwacher Trost nur, aber immerhin.

Grissemann am 11. Januar 2002
Gestern waren Betriebsratswahlen bei Radio Eins. Stimmberechtigt waren der Chef Lehnert und Cheftechniker Redlich. Gewählt wurde Cheftechniker Redlich, weil der Chef sich nicht selbst gewählt hat. Wir anderen Mitarbeiter haben erst kurz nach Schließung der Wahllokale erfahren, worum es überhaupt geht. Stermann und ich waren gerade dabei, eine neue Senkgrube für das Angestelltenplumpsklo auszuheben, als unser neuer und alter Betriebsratsvorsitzender Redlich uns das Wahlergebnis kundgetan hat. Er zwang uns unter einer Ohrfeigen-Gewitter-Androhung ihm zu gratulieren. Dann pinkelte er in unsere frische Senkgrube, was wir mit einem »Vielen Dank, Herr Obertonmeister!« quittieren mussten.

Stermann am 11. Januar 2002
Grissemann und ich müssen heute schon den ganzen Tag den hinterhältigen Cheftechniker mit einer Gewerkschafts-Sänfte über das Radiogelände tragen. Ich kann kaum mehr, denn neben Redlich sitzt seine neue Flamme, die 150kg schwere neue Sekretariatsangestellte Frau Böllermann. Die ist eigentlich untragbar! Er will bei ihr offenbar Eindruck schinden und schindet doch nur uns. Obertonmeister Redlich hält einen orangefarbenen Radio-Eins-Palmenwedel in der Hand. Die jungen Kollegen von Radio Fritz starren die ganze Zeit ungläubig zu uns herüber. Na wartet nur, Ihr kommt auch irgendwann zum Erwachsenenradio! Aber es stimmt schon, mit Radiomachen im eigentlichen Sinn hat das alles nichts mehr zu tun!

Grissemann am 12. Januar 2002
Eben war der Betriebsarzt da, wir haben uns alle wie die Tiere auf die Medikamente gestürzt. Aus Kostengründen wurde ja schon

vor Monaten die Kantine geschlossen. Der Betriebsarzt hat versprochen Karl Heinz Böhm von uns zu berichten, vielleicht kann der ja mal irgendwelche Hilfsgüter abzwacken. Weil sich vor 12 Tagen ein entkräfteter Kollege bei dem Wort »Bruttosozialproduktssteigerung« fast versprochen hätte, haben wir alle seitdem Stubenarrest. 12 Tage ohne richtige Nahrung, denn Büroklammern kann man ja wohl kaum als ausgewogene Ernährung bezeichnen. Der Hunger nagt an uns, dieses kleine, fette Hundebiest von Cheftechniker Redlich. Ein Rauhaardackel. Hat Obertonmeister Redlich ihn »der Hunger« genannt, um sich über uns lustig zu machen? Dieser Köter knabbert jedenfalls ständig an uns herum. »Wahrscheinlich weil ihr nur noch Haut und Knochen seid«, hat der Chef gesagt. Stermann, der völlig abgemagert ist, wurde gestern von Cheftechniker Redlich in ein Waldstück geschmissen und der Hunger lief ihm freudig nach. Mensch, das hat doch alles mit Radiomachen gar nichts mehr zu tun!

Stermann am 12. Januar 2002
Beim Betriebsarzt wurde festgestellt, dass die Waage mehr wiegt als ich. Bei offenem Fenster muss ich ans Mikrofon angebunden werden um nicht wegzufliegen. Und ich gehöre noch zu den körperlich robusteren Mitarbeitern bei Radio Eins. Nach einem langen Gespräch mit dem Betriebsarzt hat Chefredakteur Lehnert zugestimmt, dass für uns die Kantine kurz geöffnet wird. Feierlich entfernte der Chef die schwere Eisenkette von der Tür und öffnete kurz die Tür, dann knallte er sie schnell wieder zu und hängte die Kette wieder davor. Ich muss jetzt schließen, liebes Tagebuch, denn es ist wieder Sprechertraining. Seit 12 Tagen üben wir alle immer wieder im Chor das Wort »Bruttosozialproduktssteigerung«. Wenn sich auch nur ein einziges Mal irgendeiner dabei verspricht, kommen wir hier alle nie mehr raus, hat Obertonmeister Redlich gesagt und sich genüsslich die Currywurst von Käfer reingeschoben.

Grissemann am 13. Januar 2002
Liebes Tagebuch, ich bin noch immer schweißgebadet und mein Puls will sich nicht beruhigen. Aber wir haben es geschafft. Heu-

te Morgen hat uns Cheftechniker Redlich über Megaphon eine neue Anweisung von Senderchef Lehnert durchgegeben. Die 70 Mitarbeiter von Radio Eins wurden aufgefordert innerhalb von acht Stunden jeden einzelnen Jugendlichen in Berlin und Brandenburg zu interviewen. »Der Chef will keinen einzigen Menschen unter 18 sehen, dem kein Mikrofon vor die Schneuzrübe gehalten wird«, brüllte Obertonmeister Redlich. 985.000 Interviews in 8 Stunden. Im ganzen Sendegebiet. Stermann und ich haben das gesamte deutsch-polnische Grenzgebiet übernommen. Wir haben so geschwitzt, dass die Ureinwohner dort dachten, es hätte wieder einen Oder-Neisse-Dammbruch gegeben.

ICH BIN NOCH IMMER SCHWEISSGEBADET UND MEIN PULS WILL SICH NICHT BERUHIGEN.

Stermann am 13. Januar 2002
Ich will nie mehr in meinem Leben einen Jugendlichen sehen. Senderchef Lehnert hatte uns instruiert, dass wir mit den Jugendlichen »auf du und du« sein müssen. »Denkt ans Image, die müssen glauben, ihr seid die coolsten Säue des Landes«, hatte er gesagt. Nun, das Durchschnittsalter von uns Radio-Eins-Mitarbeitern liegt bei 52,4. Viele von uns sind unfruchtbar und haben keine jüngeren Geschwister, wie sollen wir da wissen, wie man mit Jugendlichen einen gemeinsamen Nenner findet? Grissemann und ich haben heute um uns einzuschleimen mehrere Hundert Pillen geschluckt und fast 5.000 Joints geraucht. Dazu hat jeder von uns etwa 900 Liter Bier getrunken. Wir haben uns gegenseitig mehrmals den Magen auspumpen müssen. Wegen der vielen »*N Sync«- Platten die wir uns anhören mussten. Liebes Tagebuch, das hat doch alles mit Radioarbeit praktisch gar nichts mehr zu tun.

>>DIE AUTOREN

MARTIN BLUMENAU wird – wegen der massiven Außenwirkung der Programme – oft auf seine Auftritte im FM4-Zimmerservice (die etwas andere, durchaus strenge Wunschsendung) sowie im Bonustrack (dem etwas anderen Talkradio) reduziert und eventuell noch als Webhost (http://fm4.orf.at/blumenau) wahrgenommen, ist bei FM4 aber eigentlich hauptsächlich für seltsam-schöne Bereiche wie »Strategie, interne Kommunikation und Koordination sowie Planung« zuständig, was bedeutet, den Gesamtüberblick zu wahren oder senderideologische Papiere zu verfassen, und was in dem mysteriösen Radio-Terminus »T&C« zusammengefaßt wird. Paul Brennan hat das mit »Chief Coordinator« wunderbar ins Englische übersetzt. Trotz seiner offensiven Radioperformance gilt der über die Ö3-Musicbox zum FM4-Gründungsteam gestoßene Wiener privat tatsächlich als liebenswert.

THOMAS EDLINGER: Nach einer übel stinkenden und zu Recht vom Publikum ebenso genommenenen Performance zum Thema »Sex Talks zwischen De Sade und ÖKM an Beats von Miranda Sex Garden« im Gewande einer sogenannten Kadaverunterhose kam es so, wie es keiner wollte. Thomas Edlinger blieb dem Radio (damals noch Ö3-Musicbox) erhalten und den Brettern, die uns gestohlen bleiben können, erspart. Danach komplette Versumpfung, ja Versauung »Im Sumpf«. Seitdem unansprechbar, intellektuell verwahrlost, irrlichternd zwischen Verpuppung, Verlurchung und dem Predigen einer »misanthropischen Ethik«.

SONJA EISMANN, geboren 1973 in Heidelberg, studierte Vergleichende Literaturwissenschaft, Englisch und Französisch in Wien, Mannheim, Dijon und Santa Cruz. Sie ist Redakteurin der Zeitschrift »nylon. KunstStoff zu Feminismus und Popkultur« sowie Webhost bei fm4.orf.at.

Darüber hinaus schreibt sie regelmäßig für das deutsche Musikmagazin »Intro«. Mit einem losen Verbund von FreundInnen gibt sie viermal jährlich das Hobby-Comic-Fanzine »Murmel Comics« heraus. Neben ihrem Interesse for all things pop und der (Nicht-)Repräsentation von Frauen in musikalischer Praxis und Theorie kann sie sich besonders für Mädchenkultur und -kitsch begeistern, wie auch seit einiger Zeit für elektronische Musik – obwohl sie selbst zu ihrem großem Leidwesen immer noch nicht mixen kann.

Privat liebt er Lounge-Music und Johnny Cash. Mit dem »House of Pain« stört CHRISTIAN FUCHS aber seit der Gründung von FM4 so manche familiäre Nachtruhe und verschreckt Taxifahrer. Daneben versorgt er Sendungen wie die »Homebase« regelmäßig mit Film- und Musikbeiträgen und widmet sich als Webhost den eher schummrigen Biotopen des Pop. Ebendort ist Fuchs auch selbst zuhause, sowohl als Autor (»Bad Blood« erschien im März bei Creation Books, London) wie als Musiker (Fetish 69, Toxic Lounge). Zum Thema seines hier vertretenen Essays »Let's get physical« hat er unlängst mit ewiger Verspätung diplomiert...

CLEMENS HAIPL: »äh..3 zeilen zu mir??? keine ahnung: geil, sexy und mehrheitseigentümer von fm4.« Außerdem noch gemeinsam mit Gerald Votava und Herbert Knötzl Hauptprojektleiter im Rahmen von Projekt X (jeden Donnerstag um Mitternacht auf FM4).

ENES HARAČIĆ, geboren und aufgewachsen in Sarajevo geboren. Seine Leidenschaft gehört dem nächtlichen bosnischen Rundfunksender Radio 3, und dank seines permanenten Hörschadens (ein Kriegsandenken) ist er anders als andere DJs. Enes pflegt eine Vorliebe für jazzige Dopebeats. Auf der FM4-Homepage schreibt er über das Leben in seiner Stadt.

HERMES: Herr Hermes wurde 1947 in Alabama, USA geboren. Er lebte bis zum 9. Lebensjahr glücklich auf der Zweitsitzranch seiner wohlhabenden Eltern, ritt Hengste zu und übergab sich mit 5 Jahren das erste Mal im Whiskeyrausch. 1957 setzten ihn seine Eltern in ein Flugzeug nach Wien. Seitdem wird jede kleine Freude in seinem Leben durch den Einbeinigen zerstört. Mit ihm moderiert er allerdings trotzdem jeden Dienstag um Mitternacht die Partnervermittlungsshow mit Stil »Chez Hermes«.

GERLINDE LANG: The Downward Spiral: von Spilker'-scher Lyrik zuerst zu Von-Lowtzowscher und dann zu Cioran und wieder von dort ins Philosophiestudentenmilieu gerutscht. Voraussichtliches Studienende Wintersemester 2007/08, was überschlagsmässig ca 3.600 Euro Studiengebühren erfordern wird, eine Summe, die man sich nicht so leicht in Fußgängerzonen zusammenschnorren kann. Daher Beschaffungskriminalität bei FM4 als Mode und IT-Beauftragte sowie als Moderatorin (Connected).

DUNCAN LARKIN wurde im Nobelbezirk Kensington geboren und sofort nach Essex abgeschoben, wo er bis zu seinem 14. Lebensjahr blieb und den örtlichen Akzent annahm um heil durch die Schulzeit zu kommen. Seitdem hat er das Leben in Holland, Deutschland, Frankreich, Spanien, Italien, Südafrika, Wales, Schottland probiert, bleibt aber im Moment immer noch gern unreif in Wien. Er fühlt sich als Europäer und meint, dass die Menschen überall gleich sind, nur grösser oder kleiner und mehr oder weniger langweilig: »Wenn du einmal ihre Sprachen lernst, merkst du, dass sie alle den gleichen Blödsinn reden: ›Ich hasse meinen Job habe nicht genug Geld, will mehr, mehr, mehr.‹« Duncan findet, dass er hat, was er braucht. Er ist meistens sehr zufrieden.

CHRISTAN LEHNER: Im heißen Sommer 1996 wurde Christian Lehner in einem Körbchen vor dem Wiener

Funkhaus abgegeben. Seitdem belästigt er die FM4-Hörer als Autor, Moderator (La Boum de Luxe) und DJ Smash ebenso wie die FM4 Redaktion als gestrenger Chef vom Dienst. 1996 hob er mit »Alien Bass" den ersten regulären Drum&Bass-Club Wiens aus der Taufe. Ab und zu vergeht er sich als Autor an verschiedenen Zeitschriften und Zeitungen – alles nur um von seiner unendlichen Geschichte »Fertigstellung der Diplomarbeit« abzulenken.

SIGRID NEUDECKER, geboren 1966 in Wien, begann bei der Wiener Stadtzeitung Falter, wo sie Kolumnen zu den Themen Sex und Fernsehen schrieb. (Essen war schon besetzt.) Lebt seit dem Verfassen des Stadtführers »Sex in Wien" in Hamburg (bei der Reeperbahn, wo sonst?), bis sich ihr Vater wieder zu ihr bekennt. Schreibt als FM4 - Webhost über Sex, Beziehungen und weitere Themenbereiche, von denen sie keine Ahnung hat.

FRITZ OSTERMAYER: Sumpfbewohner. Eigenzitat zwecks Abgrenzung vom Kollegen: »So wie für ihn, Edlinger, FM4 eine Kirche sei, sei für mich, Ostermayer, FM4 ein Boudoir, ein Liebesnest, ja ein Freudenhaus. So wie für ihn, Edlinger, unsere Chefin eine Päpstin sei, sei für mich, Ostermayer, unsere Chefin eine Puffmutter. Alles bei FM4 ist mir Phallussymbol und »vaginaverdächtig«. Im übrigen aber rede auch ich, Ostermayer, wie er, Edlinger, einer sofortigen »Vergottung des Sumpfes« das Wort, nur muss diese einhergehen mit einer allumfassenden »Verlotterisierung«. Nur so kann das »Gleichgewicht des Schreckens« hergestellt werden, welches doch so notwendig ist für die Erziehung der unmündigen Jugend zu mündigen Radiohörern.«

MARTIN PIEPER ist derzeit Chefredakteur und Moderator bei FM4. Vom passionierten Radiohörer zum Radiomacher war es nur ein kleiner Schritt für den Mann aus Tulln. In seinem ersten Brief an den ORF hat er noch großspu-

rig die Forderung nach mehr besserer Musik formuliert, mit 24 Stunden FM4 ist nicht nur dieser Wunsch in Erfüllung gegangen. Martin Pieper ist über die Ö3-Sendungen Zick Zack und Musicbox 1995 zum FM4-Gründungsteam gestoßen. Seit dieser Zeit ist er auch um Jahre gealtert.

ROBERT ROTIFER gehörte zu den FM4-Funkpionieren der ersten Stunde, genau genommen hatte er sogar die Ehre die vierte und fünfte Stunde des allerersten Sendetags zu moderieren – während der damalige Ö3-Chef hinter ihm das Hörertelefon beantwortete. Geprägt durch derlei traumatische Erlebnisse verzog Rotifer sich im Jänner 1997 nach London, wo er als freier Journalist und Musiker vor sich hin gurkt. Jeden zweiten Montag zwischen 22 Uhr und 24 Uhr spielt er in der Sendung FM4 Heartbeat leicht anachronistische Songwritermusik. Auf der FM4-Homepage postet er mehr oder weniger regelmäßig Stadtbriefe über sein Londoner Lotterleben.

Salon Helga nennt sich die Radioshow von DIRK STERMANN (»der Deutsche«) und CHRISTOPH GRISSEMANN (»der andere«), die jeden Freitag ab 20.15 auf FM4 zu hören ist. Mittlerweile moderieren die beiden eine weitere Radiosendung beim Berliner Sender Radio Eins, machen Liveauftritte quer durch den deutschsprachigen Raum (»Die Karawane des Grauens«), veröffentlichen Bücher (»Immer nie am Meer«), CDs und Videos und haben auch noch Zeit bei der Österreichischen Vorausscheidung für den Songcontest teilzunehmen (Platz 2 für »Das schönste Ding der Welt«).

ANDREAS SCHINDLER, geboren 1978, kam 1998 zu FM4. Lebt/arbeitet seither als FM4-Produzent (Bastler), Gestalter und Sendungsverantwortlicher (Abend/Nacht). Schätzt Kleinigkeiten sehr und ist auf der Suche.
Der Hans-Wu'sche Psychotest definiert ihn als »dominanten, introvertierten, abstrakten Denker« ... und das wird schon irgendwie passen.

STEFAN TRISCHLER, Musik-Liebhaber, Musik-Schaffender und Musik-Schreiberling (in dieser Reihenfolge). Musikalisches Hauptinteresse: Hip Hop und der dazugehörige musikalische Stammbaum. Sofort nach dem Schulabschluss bei FM4 gelandet und dort seitdem nicht mehr weggegangen. 2000 völlig unverhofft Co-Moderator bei der ewigen Lieblingssendung Tribe Vibes geworden und seit 2001 FM4-Soundpark-Wächter.

VERONIKA WEIDINGER, geboren 1977 in Linz. Zum Studieren zieht sie mit 18 nach Wien, inskribiert Theaterwissenschaft, Frauenforschung und Philosophie. Geldnot lässt sie zum ersten Mal fürs Radio arbeiten, allerdings auf der Strasse: Zettelausteilen für einen Privatsender – igitt! Idealismus und Interesse am Radiomachen bringen sie zu Radio Orange 94.0. Dort entdeckt sie den Spaß an der Radiosache und will mehr davon machen, und zwar bei FM4: Seit 1999 ist sie freie Mitarbeiterin und gestaltet Beiträge für die Homebase und Connected. Ab und zu muss sie auch dafür auf die Strasse, aber das ist okay so. Leave your business and join...

HANS WU, geboren 1969, seit 1991 beim ORF Radio und Fernsehen; erster Bewohner des FM4-Digital-Undergrounds und immer noch stolz, sowohl den ersten österreichischen Radiobeitrag über Ecstasy als auch über das Internet gemacht zu haben. Seit 2000 geistert er nur noch virtuell durch die FM4-Redaktion, schreibt als FM4-Webhost und hat sich an die New Economy verkauft.

Herrenhandtasche
»Chez Hermes«

€ 25

CD »Soundselection 7«

€ 17,40

CD »Sunny Side Up«

€ 14,46

FM4 STUNDENPLAN

	Montag	Dienstag	Mittwoch	Donnerstag	Freitag	Samstag	Sonntag
7–10	Morning Show	Morning Show	Morning Show	Morning Show	Morning Show	Morning Show	Morning Show
10–12	Update	Update	Update	Update	Update	Update	Sunny Side Up
12–13	Reality Check	Reality Check	Reality Check	Reality Check	Reality Check	Reality Check	Sunny Side Up
13–14	Reality Check	Reality Check	Reality Check	Reality Check	Reality Check	Supersonnig	Doppelzimmer
14–15	Connected	Connected	Connected	Connected	Connected	Connected	Doppelzimmer
15–17	Connected	Connected	Connected	Connected	Connected	Connected	Gästezimmer
17–19	Update	Update	Update	Update	Update	Update	World Wide Show
19–20	Homebase	Homebase	Homebase	Homebase	Jugendzimmer	Charts	Zimmerservice
20–21	Homebase	Homebase	Homebase	Homebase	Salon Helga	Charts	Zimmerservice
21–22	Homebase	Homebase	Homebase	Homebase	La Boum Deluxe	Solid Steel Radio	Im Sumpf
22–24	Heartbeat	High Spirits	House of Pain	Tribe Vibes	La Boum Deluxe	Silly Solid Swound System	Im Sumpf
24–1	Lunapark	Chez Hermes	Bonustrack	Projekt X		Spielzimmer	Liquid Radio
1–5	Sleepless	Sleepless	Sleepless	Sleepless		Sleepless	Soundpark

>> DIE LÖSUNGEN ZUM GROSSEN POP-LYRICS-QUIZ <<

1. Articolo 31 – Così e Cosà
2. REM – The One I Love
3. Blur – Song 2
4. Air – Sexy Boy
5. Baby Bird – Candy Girl
6. Absolute Beginner – Liebes Lied
7. Björk – Human Behavior
8. Beastie Boys – Pass the Mic
9. Violent Femmes – Hey Nonny Nonny
10. Bran Van 3000 – Drinking in L.A.
11. Placebo – Every You Every Me
12. Khaled – Aisha
13. Portishead – Sour Times
14. Heinz – Lieb im Prinzip
15. Die Fantastischen Vier – Tag am Meer
16. Eins, Zwo – Hand aufs Herz
17. Wu-Tang Clan – Gravel Pit
18. Red Hot Chili Peppers – Under the Bridge
19. Underworld – Born Slippy
20. Kinderzimmer Productions – Doobie
21. Whirlpool Productions – from Disco to Disco
22. Urge Overkill – Dropout
23. Green Day – Good Riddance (Time of your life)
24. Beats International – Dub be Good to Me
25. Christoph & Lollo – Funaki
26. Marcy Playground – Sex & Candy
27. Kinderzimmer Productions – Doobie
28. Garbage – Queer
29. Pearl Jam – Last Kiss
30. Deus – Little Arithmetics
31. Stereo MCs – Connected
32. Weezer – Buddy Holly
33. Pulp – Common People
34. K's Choice – Not an Addict
35. Cypress Hill – Insane in the Brain
36. Crustation Purple
37. Tricky – Black Steel oder Public Enemy – Black Steel in the Hour of Chaos
38. Beastie Boys – Sabotage
39. Add 'N' To X – Plug Me In
40. Lemonheads – Into Your Arms
41. Everlast – What It's Like
42. Chumbawamba – Tubthumping
43. Radiohead – Creep
44. Nine Inch Nails – Closer
45. Prodigy – Out Of Space
46. Violent Femmes – Blister in the Sun
47. 2-Raum Wohnung – Wir trafen uns in einem Garten
48. James – Sit Down
49. Eminem – Stan
50. Brassy – Play some D
51. Dawn Penn – You Don't Love Me (No No No)
52. Verve – Bitter Sweet Symphony
53. Beck – Loser
54. Smash Mouth – Walking in the Sun
55. Fugees – Fu Gee La
56. Jungle Brothers – Because I Got It Like That
57. Cornershop – Brimful of Asha
58. Schönheitsfehler – Kriegt euch wieder ein
59. Robert Palmer oder Placebo – Johnny and Mary
60. Janet Jackson feat. Q-Tip – Got 'Til It's Gone
61. Primal Scream – Loaded
62. REM – Losing My Religion
63. Coldplay – Yellow
64. 5 Sterne Deluxe – Champagneros
65. Travis bzw. Britney Spears – Baby One More Time
66. Dee Lite – Groove is in the Heart
67. Manu Chao – Bongo Bongo
68. 2Pac – California Love
69. Delinquent Habits – Tres Delinquentes
70. Nirvana – Smells Like Teen Spirits
71. Tori Amos – Cornflake Girl
72. Massive Attack – Unfinished Sympathy
73. Semisonic – Secret Smile
74. Fatboy Slim – Rockafella Skank
75. Cornershop – 6 A.M. Jullandar Shere
76. Nirvana – In Bloom
77. Falsche Freunde – Falsche Freunde
78. Metallica – Enter Sandman
79. Rage Against the Machine – Killing in the Name of...
80. Gang Starr – Lovesick
81. Soundgarden – Black Hole Sun
82. Magnetic Fields – Long Forgotten Fairy
83. Console – 14 Zero Zero
84. Breeders – Cannonball
85. Offspring – Self Esteem
86. Smog – Cold Blooded Old Times
87. Pet Shop Boys – Go West
88. KLF – What Time is Love
89. Edwyn Collins – A Girl Like You
90. Fatboy Slim – Praise You
91. Grandaddy – Hewlett's Daughter
92. Morcheeba – Trigger Hippie
93. Manic Street Preachers – Motorcycle Emptiness
94. Nick Cave – Ship Song
95. Suede – Animal Nitrite
96. Mercury Rev – Goddess on a Highway
97. Die Sterne – Bis neun bist du OK
98. Pixies – Where is my Mind
99. Elevator Suite – Man in a Towel
100. Del Da Funky Homosapien – Mistadobolina
101. Eels – Novocaine for the Soul

BILDNACHWEIS:

FOTOS:

Tricky: Edel Records

Ultima Online: Electronic Arts

Fight Club, Tokyo Fist und Dancer In The Dark aus der Sammlung Harald Dolezal

Alle anderen Fotos: ORF/FM4

ILLUSTRATIONEN:

Lisa Max: S. 98, 104, 105, 106, 107, 196, 202, 207

Tex Rubinowitz: S. 69, 109, 169, 209

Simon Wittrich: S. 101, 110, 170

www.deuticke.at

Umschlaggestaltung, Umschlagfoto & Innen-LayOut:
ORF-Design und Präsentation / Sabine Brauner
Illustrationen auf der Umschlagvorderseite:
ORF-Design und Präsentation / Simon Wittrich
Konzeption und Lektorat:
Writers' Studio, Judith Huber, 1070 Wien
Korrektorat: Lisa Singer
Druck: Obersteirische Druckerei, Leoben
Printed in Austria
ISBN 3-216-30645-3